KB271300

이 후 퓨전 무협 소설

전 영 2

이후 퓨전 무협 소설

초판 1쇄 찍은 날 § 2007년 3월 12일
초판 1쇄 펴낸 날 § 2007년 3월 19일

지은이 § 이후
펴낸이 § 서경석

편집장 § 문혜영
편집책임 § 유경화
편집 § 이재권

펴낸곳 § 도서출판 청어람
등록번호 § 제1081-1-89호
등록일자 § 1999. 5. 31
어람번호 § 제2-1152호

주소 § 경기도 부천시 원미구 심곡1동 350-1 남성B/D 3F (우) 420-011
전화 § 032-656-4452 팩스 § 032-656-4453
http://www.chungeoram.com
E-mail § eoram99@chollian.net

ⓒ 이후, 2007

ISBN 978-89-251-0600-7 04810
ISBN 978-89-251-0598-7 (세트)

※ 파본은 구입하신 서점에서 교환하여 드립니다.
※ 저자와 협의하여 인지를 붙이지 않습니다.

마검의 사도
全榮
선영
이후 퓨전 무협 소설
Fusion Fantastic Story
2

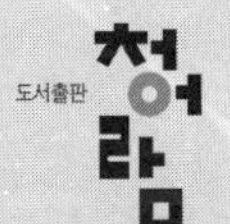
도서출판 청어람

제1장

자살도 좋고 타살도 좋다

언제부터일까.

사분천하.

위 백 년간을 이어져 내려온 불변의 시간은 어느 순간 정립의 수순을 거쳐 하나의 전설을 만들어냈다.
인간의 극한을 뛰어넘은 초인들.
그 자체가 독보천하인 절대자들.
인간으로 태어나 쟁천을 다투는 초월자들.
육천무제(六天武帝).
불변에서 파생되어 불변을 뛰어넘은 전설이 바로 그들이었다.
그리고 그들은 항상 똑같은 꿈속으로 사람들을 인도한다.
이상을 실현한 자신들과 함께 쟁천을 다투자고.
천하가 되어 강호를 독보 주유해 보지 않겠냐고.
그러나 대부분의 강호인들은 그 유혹을 회피한다.

이루지 못할 염원임을 자인한다.

대신 다른 유혹에 빠진다.

이십사절(二十四絶).

육천무제라 불리는 초월자들을 제외, 최강이라는 초절정고수들을 향해서.

우선 눈에 보이니까.

그나마 자리 교체가 이루어지니까.

그것이 이상과 현실의 차이를 증명하니까.

그때 다시 꿈을 꾸면 된다.

쟁천을 다투고 독보 주유하는 달콤한 유혹의 꿈을.

육천무제 이십사절.

그들은 항상 강호인들을 유혹한다.

꿈을 꾸게 만든다.

"그게 정말입니까?"

종리운보의 표정에는 도저히 믿기지 않는다는 기색이 역력했다.

종리무종도 넷째와 별반 다르지 않았고, 옆에서 차를 홀짝이던 종리혜는 아예 입 안의 찻물을 삼키는 것조차 잊어먹을 정도였다.

"모두 사실이다."

종리사유가 그런 동생들의 충격을 마주하며 고소를 지었다.

"다시 붙어도 승산이 없었어. 이미 전의 상실이었으니 말이야."

"……!"

종리무종의 눈매가 살짝 찌푸려졌다. 전의 상실 운운하는 형의 말이 자신의 직속 부대를 탓하는 소리로 들려서이다.

그가 고개를 갸웃거리며 말했다.

"들어보지 못했습니다."

"저도 처음 듣습니다."

"저도요."

종리혜가 마지막인 동생들의 긍정에 종리사유도 고개를 끄덕였다.

"나도 마찬가지다."

"게다가 무공 역시도 읽히지 않았다고 알려져 있지 않았습니까?"

종리운보의 의문 제기에 종리사유가 턱을 주억거렸다.

"그랬지. 그런데 아니야. 그런 수준이면 잠룡(潛龍)이란 말도 어울리지 않아. 이미 승천을 마친 상태였다."

'승천을 마쳐?'

평가가 높다. 가늠의 기준에 의문이 안 들 수 없는지, 종리운보가 넌지시 의문을 이어갔다.

"어느 정도라 생각하십니까?"

"아버지. 적어도 그 이하는 아니야."

"……!"

달그락.

찻잔을 내려놓던 종리혜의 손이 흔들렸다. 큰오라버니가 숨도 쉬지 않고 내린 평가에 놀람 반, 불만 반이 섞인 결과였다.

그녀가 뭐라 반론을 제기하려 하자 종리사유가 먼저 입을 열었다.

"간 부대주에게 다가섰던 한 수의 신법. 그 한 수를 접어두고라도 나는 보지 못했다. 어리둥절한 상황, 진세를 갖추지 못했다손 쳐도 그가 종무대원들의 포위망에서 보여준 그 움직임, 그건 바람이 아니라 바람 그 자체를 가르는 풍섬(風殲)의 움직임이었다. 멀거니 두 눈 뜨고 잔상이 지나가는 꼬리만 보았을 뿐이야. 대원들의 자리에 내가 있었어도 도리없이 바닥을 나뒹굴었을 것이다."

"……"

반론을 제기하려던 종리혜의 안색이 무거워졌다.

이 년 전 절정의 중경에 도달한 큰오라버니가 아무런 대처도 못하고 바닥을 나뒹굴었을 것.

달리 해석하면 목숨을 노렸어도 방도없이 죽었을 거란 말이나 진배없었기 때문이다.

"더욱이 그 기도… 나와 간 부대주만 느꼈을 뿐이다. 정해진 실력이 되지 못하면 그 강렬함조차 느낄 수 없었던 것이다. 이것이 무엇을 뜻하는 것인지 혜아는 잘 알겠지?"

종리사유의 시선에 종리혜는 지난 기억이 떠오르는 듯 어깨를 움츠렸다.

그리고 힘없이 고개를 끄덕였다.

"그래요. 전 느끼지 못했어요. 다른 식솔들도 다들 그랬지요. 오직… 아버님만이 느끼셨어요."

사도.

그의 출현에 아무도 긴장감을 느끼지 못했다. 이곳이 어딘 줄 알고 함부로 들어왔느냐며, 하룻강아지 범 무서운 줄 모른다고 협박까지 했다.

아버지는 달랐다.

아버지만이 그의 기도를 알아차렸다.

압축된 기도, 절제되어 수준이 안 되면 알아차리지도 못했던 힘, 그 뒤에 도사린 절대강자의 여유를.

"큼."

종리사유가 나직이 콧바람을 뿜어낸 뒤 말했다.

"그와 같은 이치다. 여기 누가 있어 그런 이치를 실현할 수 있겠느냐?"

아버지뿐임을 강조하는 그였다.

"아무리 그렇다 해도 이건 뭔가 어긋나는 것 같습니다. 그의 나이 이제 갓 약관(弱冠:20세)을 넘었다 들었습니다."

아직까지 아버지 처소에서 한 번 마주쳤을 뿐인 종리운보였다. 다른 형제들도 마찬가지였다.

“어찌 아버님과 비교할 수 있겠습니까?”

아집이 아니다.

상식.

그 범주를 논하는 종리운보였다.

그의 질문에 종리사유가 대답이 아닌 반문을 했다.

“며칠 전 끝난 정남무투 소식을 들었느냐?”

종리운보가 ‘왜 갑자기?’ 하는 표정으로 답했다.

“정무련의 승리로 마감되었다 들었습니다.”

“그랬지. 아쉬운 일이야. 그럼 추천비무의 소식도 들었겠구나.”

“다행히 저희 쪽에서 이 대 일로 이겼다 들었습니다.”

“그 일 패를 안긴 이가 누구였더냐?”

“…….”

대답이 없는 종리운보.

몰라서가 아닌 알기에 대답을 못하는 것이었고, 자신의 질문에 답도 그 머뭇거림 안에 있었다.

종리사유가 두 눈을 지그시 감았다.

“나도 항상 꿈을 꾼다. 아버님이 속해 있는 이십사절. 그들과 나란히 서는 꿈을…….”

그의 목소리는 꿈결을 헤매는 듯 몽롱하게 이어졌다.

“그런 절대강자들 중 칠사에 속한 무인을 꺾고 그 빈자리를 차지한 일지유성. 그녀 나이 이제 갓 스물. 헤아와 동갑이라 들었다. 그래… 그런 곳이다. 나이 스물에 꿈을 이루는 소녀가 있는 곳. 나이 스물하나에 꿈을 이루고도 드러나지 않은 청년이 있는 곳. 강호란 바로 그런 곳이다.”

종리사유의 눈이 서서히 뜨여졌다.

“물론 일지유성이나 이번 전영이란 청년의 일, 두 가지 모두 강호에서도 쉬이 볼 수 없는 불가해한 경우이긴 하지. 하나 그 이해 못할 의문점들이 모여 중첩을 이룬 곳 또한 강호이기도 하다. 따지고 보면 당년의 육천무제나 이십사절의 절대자들 모두 남들의 눈엔 이해 불가의 수순을 밟아 지금에 이르지 않았겠느냐.”

“그야 그렇겠지만…….”

종리운보가 말을 흐렸다. 아무리 설명을 길게 가져간들 당장은 ‘상식 파괴에 따른 괴리감’을 쉽게 받아들일 눈치가 아니었다.

종리사유가 이해한다는 눈빛을 전하며 말했다.

“말하는 나도 솔직히 믿기지 않는다. 하지만 보았어. 직접 보았으니 별수있겠느냐?”

“결론적으로 이번 일은 조용히 묻으시겠다는 말씀이시군요.”

‘아니면 그런 이를 상대로 어쩔 것이냐?’ 하고 물어오면 본인도 할 말이 없음에도 묻게 되는 종리무종이었다. 직속 부하들의 체면이 관련된 사안이기 때문이었다.

그런 둘째의 속내를 모를 리 없기에 종리사유는 미안한 표정으로 답했다.

"내 이미 의원들을 불러놨으니 네가 가서 잘 다독거려 주거라. 특히……."

"간 부대주 그 사람이라면 걱정 마십시오."

비록 기습에 당했지만 그도 알 것이다. 상대의 강함을. 또한 자신이 당한 것에 일말의 책임 역시 본인에게 있다는 것을 모를 리도 없었다.

'하하하! 그렇게 강한 오라비가 있었군요. 나 이것 참, 그것도 모르고 이놈의 몸이 조금만 더 머리보다 앞섰다면 그대로 골로 갈 뻔했습니다. 하하하하!'

이렇게 웃고 말겠지. 그런 사람이다.

순수한 무인.

종리사유가 둘째의 대답에 피식 웃고는 나머지 동생들을 바라봤다.

이심전심.

간 부대주의 평가에 모두 같은 생각들을 했는지 넷째와 막내의 입가에도 미소가 그려져 있었다.

"크음."

종리사유가 낮은 기침으로 분위기를 환기시키며 말했다.

"그래서 생각을 좀 해보았다."

"예?"

뜬금없이 생각이라니? 종리운보가 마시려고 들었던 찻잔을 내려놓자 종리사유가 말했다.

"이번 사안을 통해 당면한 과제를 푸는 데 도움이 될까 해서 말이야."

"도움이요?"

종리혜가 눈을 반짝이자 종리사유가 의미심장한 미소를 지었다.

"그전에 한 가지 묻고 싶구나."

"말씀하십시오."

"무종이 너는 그 사도란 인물의 무위를 정확히 어느 정도라 생각하느냐?"

"……."

선뜻 대답을 못하는 종리무종이다. 질문이 갑작스러운 것이 아닌, 파악된 사도의 무위가 예상을 웃도는 것에 따른 불안감이 그 원인이었다.

그가 앞에 놓인 찻잔의 온기를 잠시 느낀 뒤 결심한 표정으로 말했다.

"칠사를 넘어 최하 오조의 수준에는 올라섰다고 봅니다."

"이유는?"

"아시듯 아버님과 철갑패사 장흥이 그에게 당했습니다. 각기 결과는 생과 사로 갈렸지만……."

"내용은 같았지. 백초지적도 못 되었지."

종리사유의 입가에 쓴웃음이 묻어 나온다. 말이 좋아 백초지적이지 정확히는 아버님도 철갑패사 역시도 오십 초를 넘기지 못했다.

그중 초반의 탐색전을 제외하면 실질적인 초식 교환은 이십여 초였고, 그 안에서 우열이 가려졌다. 어쩌면 그 이십여 초를 겨루는 와중에도 사도는 진짜 실력을 드러낸 것이 아닐지도 몰랐다.

'오조의 수준이 그 정도일까?'

모르겠다. 듣기로는 같은 오조의 일원이 아니라면 다른 칠사와 십이성의 이 대 일 합격에도 쉽사리 지지 않을 수준이라고 했다.

비추어, 사도의 무위를 최하 오조의 수준으로 판단하는 둘째의 의견에 종리사유는 '완전' 동감하는 바였다.

"상대는 적을 떠나 그런 경지에 든 무인이다."

종리사유가 메마른 입술에 물기를 주며 말을 이었다.

"그럼 다시 묻겠다. 가문의 어느 정도 힘을 투입하면 그를 잡을 수 있겠느냐?"

"……."

섣불리 계산이 되지 않음인가. 종리무종의 눈가로 고민의 그늘이 덮이자 종리사유가 단정적으로 말했다.

"전력(全力). 가문 전체의 힘이 필요할 것이다."

"…그럴 것입니다."

종리무종이 고민을 끝내자 종리사유가 자조적인 미소를 지었다.

"그렇다. 전력을 다해야 목적을 이룰 수 있다. 하지만 전력을 다하기엔 주변에 걸리는 것이 너무 많다는 것도 잘 알 것이다."

굳이 설명할 필요도 없었다. 모두 수긍하는 눈빛이었고, 종리혜가 뭔가 알겠다는 표정을 더했다.

큰오라버니가 왜 이런 질문을 던지고 있는지 이해가 간 것이다.

그녀가 얼굴을 내밀며 말했다.

"그 사람을 이용하시겠다는 거군요?"

"그 사람……?!"

종리운보가 뚱한 질문을 꺼내놓자마자 바로 알았다는 듯 손뼉을 마주쳤다.

"아하! 그치 말이냐?"

"달리 누가 있겠어요?"

종리혜의 긍정이 담긴 반문에 종리운보의 시선이 종리사유를 향했다.

종리사유가 바로 입을 열었다.

"혜아의 생각이 맞다. 그를 끌어들이자는 말이다."

"자, 잠시만요. 그럼 어떻게 되는 겁니까? 그자가 아버님과 비슷하다 하셨으니……."

"적어도 남들의 이목을 피할 수는 있지."

종리무종의 해석에 '아!' 하며 입을 벌리는 종리운보.

그가 곧바로 고개를 갸웃거렸다.

"그자가 순순히 동참해 주겠습니까?"

"아니지. 씨 뿌리자마자 추수 걱정한다고, 아직 씨조차 뿌리지 않았질 않느냐."

"그럼……."

"이제부터 그걸 생각해야지. 풍년이 들도록."

종리사유의 시선이 종리혜의 얼굴을 훑듯이 지나쳤다.

전영은 오후 내내 전호연의 으름장에 못 이겨 종무대원들을 하나하나 찾아다니며 사과를 전했다.

지금은 저녁을 먹고 종리유하도 억지로 떼어낸 뒤 싫다는데도 해준다는 전호연의 안마를 받는 중이었다.

"아고고~ 이거 담이라도 결린 것 아닌지 모르겠네."

"부러지지 않은 것만 해도 다행인 줄 알아."

"아악! 아, 아파!"

전호연의 손에 악력이 가중되자 전영의 악 소리가 이어졌다.

"돼, 됐으니까 이제 그만 해."

전영은 이래서 받기 싫었다는 표정으로 전호연의 손을 억지로 잡아떼고는 참았던 속내를 조심스레 드러냈다.

“이제야 하는 말이지만 사과는 그렇다 치고, 왜 때린 거야? 그때는 진짜 목뼈 부러지는 줄 알았단 말이야.”

“안 부러졌잖아.”

“말이 그렇다는 거지!”

전영이 억울한 얼굴로 소리를 빽 지르자 전호연이 콧방귀를 뀌며 말했다.

“만약 거기서 내가 그러지 않았으면 어찌 됐을 거라고 생각해?”

“어찌 되긴, 다들 바닥에 눕는 거지.”

“그런 뒤엔?”

“더 있냐?”

“더 있지. 종리세가 자체를 적으로 돌리는 것으로.”

“에이, 설마 그러기야 할라고.”

전영은 말도 안 된다는 듯 손을 휘저었다.

“먼저 때리려 한 것도 그쪽인데… 그 뭐냐. 아, 말하자면 정당방위였잖아?”

“정당방위? 웃겨. 그거야 서로의 피해가 어느 정도 수지가 맞을 때나 그런 거지. 그리고 예전에 큰오빠가 말 안 했던가? 강호인들은 이름만 잘못 불러도 칼부림 우습게 난다고.”

“그랬지.”

“그러니까 이름만으로도 그런데 가솔 무인 십여 명이 뻗은 상황에 누가 가만히 있겠어? 게다가 여긴 칠대세가 중 종리세

가라고. 자존심이 얼마나 높을지 굳이 말하지 않아도 되겠
지?"

"그래서?"

"그래서는 뭐가 그래서야? 밖으로 자신들의 치부가 새어
나가지 않게 하기 위해 사람 하나 묻어버리는 건 예사란 말이
지."

물론 그렇게까지 하지는 않을 테다. 엄연히 손님 입장. 정
무련 소속으로 왔으니까.

그렇다고 쉽게 놓아주지도 않을 것이다. 최소 어디 하나 부
러뜨린 뒤, '흥!' 하며 놓아줄 테지. 다신 눈에 띄지 말라는
협박을 동봉해서.

"그러니 정당방위 운운하는 건 딴 데 가서 알아보서."

전호연이 단단히 주의를 주는 표정으로 전영의 이마를 콕
찌르며 말을 이었다.

"아무리 정의를 표방해도 강호란 힘이 우선이니까. 뭐, 힘
을 가진 쪽이 정의를 표방할 수도 있는 거고. 당연히 어디 가
서 하소연한다고 들어먹힐 종리세가도 아니라는 말이야, 내
말은."

"거 참, 네 말대로면 약한 사람은 어디 서러워서 살겠냐?"

"못살지. 그래서 강한 사람 밑으로 들어가는 거고, 그렇게
무리를 지어 그 힘을 이용해 또 다른 약자 앞에서 정의 운운
하며 괴롭히지."

"그 말… 보편적인 거냐?"

"대부분의 인간 사회에선 통용된다고 봐야겠지?"

"그럼 정사마(正邪魔)의 기준이 뭐야? 어차피 힘을 가진 쪽이 정의면 그 힘을 행사하는 건 다들 똑같은데."

"그건 또 다르지. 힘을 사용하는 가치관과 대의명분의 존재 유무, 그에 따른 행위 등등, 쉽게 말해……"

전혀 쉽지 않았고, 은근히 말문이 트이면 끝이 없는 전호연이었다.

'저걸 어찌 참았누?' 하는 의구심이 들 때쯤 전영이 방문을 확 열어젖혔다.

"야야, 됐다, 됐어. 결국 아무리 얘기해 봤자 힘있는 놈들이 자기들 주장이 옳네, 아니네 하며 우기는 사상 논리잖아? 그렇다면 넌 굳이 날 때리지 않아도 됐어."

"기껏 성의를 다해 궁금증을 풀어줬더니 이제 와서 웬 뚱딴지 같은 소리야?"

흑막 속에 점점이 찍힌 수정들.

전영은 그 별빛을 바라보며 '내 말이 들려?' 하는 식으로 중얼거렸다.

"내가 더 강하니까. 그들이 약자니까."

종리세가? 흥이다. 솔직히 그들이 다 덤벼도 전혀 무서울 것이 없다.

이런 속내를 밝혔다간 한 대 더 맞을까 봐 밝히지 않을 뿐이다.

그런데…….

이런 당당한 자신감은 어디서 오는 걸까?

"그런 일말의 의문도 이제 곧 사라질 거예요."

치료를 시작한 지 정확히 한 달 하고도 열흘이 흘러, 드디어 종리장준이 방문 밖으로 거동의 기침을 알렸다.

마당을 걷는 것만으로도 숨이 차는 수준이었지만 혀를 내두를 정도로 빠른 쾌유 속도가 아닐 수 없었다.

당연히 가주의 쾌유를 감사드리려 종리세가의 식솔들은 주벽세의 처소를 찾아가 감사를 전했고…….

"감사고 뭐고, 내 다시는 그 영감탱이와 말을 섞나 봐라."

다들 뼈저리게 후회했다.

평소 근엄함을 잃지 않고 종리장준의 치료에만 몰두하던 주벽세의 숨겨진 일면 때문이었는데 그건 바로 치료가 막바지에 접어들수록 말이 엄청 많아진다는 것이었다. 그것도 한 번 꺼내면 반 시진은 기본이었다.

기어이 종리장준의 치료에서 더 이상 자신이 관여할 필요가 없어진 날, 정확히 종리세가에 온 지 사십이 일째.

일명 '내가 그렇게 잘난 아흔아홉 가지 이유'라고 명명된 연설은 장장 두 시진이 걸릴 정도였다.

제목에서 풍기다시피 거의 자기 자랑이었고, 어젯밤 종리세가 곳곳에서 끙끙 앓는 소리가 끊이질 않는 주된 원인이기도 했다.

다음날 아침.

남매는 식사를 마치고 종리사유의 부탁으로 한결 거동에 여유가 붙은 종리장준과 대면하게 되었다.

간단한 다과상이 차려져 있었고 종리혜가 아버지 곁에 앉아 있었다.

가벼운 눈인사가 오가고 자리에 앉는 남매였다.

그리고 마주하자마자 서로가 서로에게 감탄하는 두 사람이었다.

'이제 약관을 지난 나이, 실로 대단한 성취로고!'

본 적이 없다.

남도맹의 난다 긴다 하는 후기지수들도 눈앞의 청년에 비하면 태양 아래 반딧불이다.

큰아들에게 듣긴 했으나 이 정도일 줄은 진정 몰랐다.

더욱이 아주 희미한 것이 뭔가 이질적인 내력의 흔적은 그 사문의 모태가 어디인지, 토대가 어디서 흘러들어 온 건지 그 진의를 짐작하기도 어려웠다.

하지만 방문좌도의 허접한 공부나 마도련 무인들의 특성인 마기(魔氣)가 아닌 것만은 확실했다.

문제될 것은 없다는 뜻이었고 전영을 향한 호감이 안 일 수 없는 종리장준이었다.

전영도 그 나름대로 종리장준의 기도에 감탄을 하고 있었다.

'왜 사람들이 육천무제 이십사절을 노래하나 했더니 다 이유가 있었구나.'

전에는 몰랐다.

'아버지도 속하셨던 것 같은데……'

그때는 몰랐지만 지금은 확실히 느낄 수 있었다.

거인.

평온한 가운데 언제든 세상을 녹여 버릴 용암이 지저에 흐르는 화산.

당장이라도 폭발할 것만 같은 그 기세를 갈무리한 거인의 위엄이 절로 느껴진다.

마주 보는 시선, 찰나의 부딪침 속에 얽이는 짜릿짜릿한 기파의 충돌은 전영에게 묘한 쾌감마저 불러일으키고 있었다.

절대 옆 자리에 찰싹 붙어 앉아 팔짱을 끼고 있는 종리유하의 특정 부위.

그곳에서 전해지는 만만찮은(?) 뭉클함 때문은 아니었다.

'한데……'

전영의 눈가에 문득 한줄기 의구심이 지나갔다.

'왜 말리지 않는 걸까?'

아닌 게 아니라, 다 큰 여식이 혈기 왕성한 사내 품에 안겨 있는데도 누구 하나 나서서 떨어뜨려 놓지 않으니 그러했다. 그것도 천지 분간의 기준이 모호한 딸내미가 말이다.

적어도 다른 이들은 다 떠나서 아버지란 사람은 말려야 하는 것이 도리 아닐까 싶다.

"드세요."

종리혜가 자신의 잔에 차를 따라주자 전영은 속으로 '나야 상관없지' 라며 의구심을 지운 뒤 흐뭇한 미소를 지었다.

'언니에겐 떨어지지만 그래도 수준급이야.'

한자리, 이렇게 가까운 곳에서 보니 종리혜의 미색도 나름 상당한 수준이다.

"차 맛이 입에 맞을지 모르겠습니다."

종리사유가 운을 떼자 전영은 그를 바라보며 살짝 고개를 끄덕였다.

그런 뒤 누구나 주고받을 수 있는 잡담 겸 신상 파악 확인 작업이 이어졌고, 말미에 종리장준이 무거운 음색을 토해냈다.

"이제 와 안타까움을 전하긴 늦었네만 사정이 있어 찾아뵙질 못했네. 이해해 주게."

"당연히 이해해야지요. 말씀만이라도 감사합니다."

"그리 말해주니 고맙네. 한데… 범인은 잡았는가?"

이미 이 년 동안 감감무소식이다. 그래도 한 달을 넘게 누워만 있었기에 그사이 혹시나 잡혔나 싶어 물어본 종리장준이었다.

그러나 남매의 얼굴로 스치는 아련한 슬픔, 그 밑에 깔린 분노를 읽어내자마자 서둘러 헛기침을 했다.

"험험, 이거 미안하게 되었으이. 내 쓸데없는 질문을 했나 보군."

전영이 아니라는 듯 고개를 내저으며 말했다.

"아직 이렇다 할 진척 사항은 없지만 꼭 잡고 말 겁니다."

"암, 그래야지. 꼭 그래야 하고말고."

정말 미안해서일까.

종리장준이 대답을 강조하자 발맞춰 종리사유가 입을 열었다.

"갑자기 이런 말을 꺼내면 어찌 생각할지 모르겠습니다."

"말씀하십시오. 그리고 전부터 그러셨어야 하는데 편하게 대해주십시오. 한참 아래입니다."

열 살 정도의 차이.

존대를 받아 기분 좋기에는 확실히 많은 나이 차이였다.

"아무리 그래도 엄연히 손님인데……."

“괘념치 마십시오. 저희들도 그게 편합니다. 그렇지?”

전영이 동의를 구하자 시종일관 무표정을 고수하는 전호연의 고개가 살짝 끄덕여졌다.

그러자 아버지가 옆에 있으니 크게는 못 내고 작게 너털웃음을 터뜨리는 종리사유였다.

“하하, 정히 그렇다면 내 그렇게 함세. 그럼 자네들도 날, 그리고 여기 없는 동생들도 만나게 되면 편하게 불러주게. 아, 혜아에게는 언니, 오빠가 되겠구나.”

“앞으로 그리 모시겠습니다.”

종리혜의 깍듯한 언사에 전영이 두 손을 저었다.

“모시다니요? 그냥 동네 언니, 오빠려니 생각하고 편하게 대해주십시오.”

“…예.”

종리혜가 쑥스러운 듯 작게 고개를 끄덕이자 종리사유가 빙긋이 웃으며 하려던 말을 이었다.

“조금 전에 어찌 생각할지 모른다고 하였네.”

“예.”

“다름이 아니라, 자네들 부모님의 일에 관련된 얘기를 꺼내려 했다네.”

“……?”

남매의 귀가 쫑긋해지자 종리사유가 차를 한 모금 마신 뒤 종리장준을 바라봤다.

"먼저 아버님께 허락을 구하고 말을 꺼냈어야 함에도 이렇게 두서없이 꺼내게 된 점, 송구할 따름입니다."

"우선 들어보자꾸나."

"예. 실은 이번에 저희 형제들끼리 의견을 나눈 것이 있사온데……."

종리사유가 자신을 바라보는 남매를 슬쩍 바라본 뒤 말을 이었다.

"다름 아닌, 전 아우의 부모님과 형에 관련된 암살범들의 추적에 저희 종리세가에서도 한 손을 거들자는 의견이었습니다."

"우리 쪽에서?"

싫은 기색은 아니다. 좀 뜻밖이라는 표정의 종리장준이었고, 당사자인 남매의 눈동자는 똥그래져 있었다.

"그렇습니다."

종리사유가 말했다.

"그리고 사견일지는 모르나 아무래도 범인들은 저희 남도맹 쪽 세력권 안으로 숨어들어 온 것 같습니다."

"……!"

"그럴 만한 심증은?"

"아시겠지만 현 정도무림은 정무련과 저희 남도맹, 이렇게 두 단체로 갈려 각자의 세력권을 형성한 지 백 년입니다. 그 기간 각자의 지배 세력을 공고히 다지며 평화를 유지해 왔지요. 하지만 평화 유지에 따른 각자의 지배 세력 강화에 너무 몰두한 나머지 뜻하지 않은 문제가 발생했습니다. 서로 간의 교류의 장이 극히 좁아졌다는 폐쇄성. 달리 말해 이제 와 타 단체의 인사가 자신들의 세력권에 들어오는 것을 반기지 않는 편협함이 바로 그것입니다. 같은 정파를 지향하는 사이끼리 그럴 이유가 없음에도, 너무 오랫동안 자신의 땅에서만 살고 남의 땅을 밟아보지 않다 보니, 서로가 서로를 불편하게 여기게 된 것이지요. 그 결과 현재로선 타 단체의 세력권 안에서는 서로들 원하는 활동을 하기 힘든 것은 고사하고, 인원수가 많을 경우에는 아예 들어서는 것조차 거부당하는 경우가 부지기수입니다.”

그걸 방지하기 위해 절차를 밟아야 하는데, 그것이 또 여간 복잡한 것이 아니었다.

“하여, 암살범들이라고 작금의 그런 현실을 모를 리 없을 테니…….”

종리사유가 말끝을 흐리자 남매의 목이 스르륵 앞으로 내밀어졌다. 그 찰나의 정적을 종리사유가 단호한 목소리로 깨뜨렸다.

“그 틈새를 노렸겠지요. 일을 벌이고 쫓는 자의 이목에서 벗어나기에는 마도련의 무리들이 아닌 이상, 상대 단체의 세력권이 제격이라고.”

“음.”

그럴듯하다. 종리장준이 수긍의 턱짓을 하자 종리사유가 보충 설명에 들어갔다.

"그래서 그 부분에 대해 저희 형제들이 따로 알아본 것이 있습니다."

"무엇이냐?"

"이 년 전 암살협겁에 관련하여 정무련에서 파견한 추적대의 행보에 관해서였습니다. 아……."

종리사유가 어색한 미소를 지으며 전호연을 바라봤다.

"물론 정무련 입장에서는 극비 사항인 걸 잘 아네. 그래서 부득이 편법을 좀 썼네. 자세히 알고 싶다면 여기서 그것을 밝힐 용무도 있네만……."

"아닙니다. 말씀을 이으시지요."

전영이 나서자 전호연은 순간 못마땅한 표정을 지었으나 이내 무표정 상태로 진입했다.

종리사유가 그녀를 달래듯 잠시 쳐다본 뒤 종리장준을 향해 말을 이었다.

"그 행보의 결과, 예상한 대로 저희 남도맹 세력권 안에서의 정무련 추적단의 흔적은 극히 드물었습니다. 결국 절차의 복잡함 등 이런저런 번잡함을 이유로 본인들 지역에서만 범인들의 흔적을 찾기에 주력했다는 결론이 내려졌습니다."

그래서 범인들, 혹은 그들의 흔적이 남도맹의 세력권으로 향했을 거라는 종리사유의 추측이었다.

가설이지만 충분히 타당성이 있었고, 천하의 정무련이 이 년이라는 긴 시간 동안 단 한 줌의 단서도 찾지 못했다는 것이 더욱 종리사유의 가설에 힘을 보탰다.

그리고 사람이란 그렇다. 사람이란 때로 가설을 진실로 받아들일 때가 있어, 지금처럼 진짜 진실을 아무도 모를 때가 그러했다.

솔깃할 수밖에 없는 남매였고, 종리장준도 큰아들의 가설에 충분히 공감한다는 표정을 지었다.

"그래서 아버님께 부탁드립니다. 전 아우의 복수에 저희가 동참하는 것을 허락해 주십시오."

종리사유의 말속에는 당사자의 허락은 무시되어 있었다.

남매는 괘념치 않았다.

지푸라기라도 잡고 싶은 심정.

종리세가의 도움이라면 마다할 이유가 없었다. 오히려 생각을 못했다 뿐이지, 그럴 수만 있었다면 먼저 엎드려 부탁했을지도 모를 일이었다.

남매의 초조한 시선이 종리장준의 입을 주목했다.

종리사유의 가설이 진실이든 뭐든 종리장준의 한마디에 애초 없던 일로 돌아갈 수 있기 때문이다.

"……."

종리장준의 입은 한동안 열리지 않았고, 열렸을 때는 뭔가 회상하는 투였다.

"대륙은 넓다. 아니야, 변명이다. 몸을 담은 단체가 다르다는 것 또한 변명이다. 그렇게 같은 십이성에 속해 있으면서도 한 번도 뵙질 못했어. 그것이… 내내 아쉬웠다. 전검(戰劍)과 검을 섞지 않은 것이, 검무전주와 무도(武道)에 관한 배움을 교환하지 못한 것이, 같은 시대를 살아가는 남자로서 술 한잔 기울이지 못한 것이……. 그런 나에게 이 년 전 그분의 의문스런 부고(訃告)는 진정 충격이 아닐 수 없었다. 그럼에도 불구하고 그때… 또다시 단체가 다르다는 변명으로 수수방관했다. 아울러 찾아뵙지도 못했지."

종리장준의 깊은 눈매에 진정 후회의 기운이 엿보였다.

그리고 남매를 직시할 때는 거인의 지저에 깔아둔 용암의 일면이 번쩍였다.

"하나 이제라도, 이제라도 받아준다면 내 기꺼이 보여주겠네. 늦었지만 자네들의 아버님에 대한 이 늙은 무부의 진실한 존경을."

"어찌 보셨습니까?"

남매를 마당까지 안내하고 다시 처소로 돌아온 종리사유의 질문에 종리장준의 입가로 포근한 미소가 어렸다.

그의 무릎에는 종리유하가 머리를 얹고 새근새근 평온한 숨소리를 규칙적으로 흘려내고 있었다. 얘기가 길어지자 자기도 모르게 잠이 들어 전영을 따라가지 못한 것이다.

"제 어미를 쏙 빼닮았어."

열 손가락 깨물어 안 아픈 손가락 없다지만 특히 더 아픈 손가락이 있기 마련임에, 종리장준에게는 셋째 딸이 그러했다.

그가 종리유하의 머리를 쓰다듬으며 말했다.

"정말 예쁘지 않느냐?"

"예. 빛이 날 정도로 예쁜 아이지요."

"맞다. 빛이 날 정도지. 만약 이 아이가 재지(才智)마저 겸비했다면 능히 천하에서 가장 고귀한 삶을 살 수도 있었을 게다."

"그 말씀은… 황후 간택에라도 내보내셨을 거란 말씀이십니까?"

"부족해 보이느냐?"

"아, 아니지요. 충분하지요. 아니, 넘칠 겁니다."

"킥."

팔불출 부자의 대화 내용에 종리혜가 입을 가리고 작게 웃었다.

종리장준이 그런 막내딸을 애정 어린 눈길로 일견한 뒤 장남을 바라보며 말했다.

"하나, 이 아이가 재지를 갖췄더라도 오늘 이후라면 나는 절대 황후 간택에는 내보내지 않았을 게다."

“무슨……?”

종리사유가 곤히 잠든 종리유하를 바라보며 본인의 의문에 자답을 내렸다.

“그 정도로 맘에 드셨습니까?”

“스물하나라 했느냐?”

“예.”

“난 그 나이에 일류를 벗어나지 못하고 있었다.”

“그, 그거야 저도…….”

“그래, 창피한 것이 아니지. 그게 정상이야. 그럴진대…….”

종리장준의 눈동자가 깊숙한 연륜을 빛냈다.

“그 아이의 경지는 능히 지금의 나와 견줄 정도였다.”

“……!”

종리사유와 종리혜는 새삼 놀랍다는 반응을 보였다. 이미 예상은 했지만 직접 아버지에게 들으니 그 강도가 다른 것이다.

“더욱이 그 아이에겐 보이는 것 외에 또 다른 무언가가 더 있어 보였다. 일부러 숨긴 건지 그 진의는 알 수 없다만, 분명 실체가 없는… 그 무언가를 난 느꼈다. 아마 네가 말한 염력이라는 것일지도 모르겠구나.”

전영이 보여준 능력 중 도저히 이해가 안 가는 부분을 종리사유는 통칭 ‘염력’이라고 아버지에게 보고했었다.

“그 부분까지 고려하면… 흠, 모르겠구나.”

“…장담하실 수 없다는 말씀이십니까?”

단순한 호기심이 아니다.

지피지기(知彼知己)면 백전불태(百戰不殆)라.

적을 알고 나를 알아야 원하는 복수에 성공 확률이 높아지기에 종리사유는 무례한 줄 알면서도 확답을 요하는 질문을 던졌다.

종리장준은 잠시 고민하는가 싶더니 흐릿한 어조로 말했다.

“자연의 이치라 하여 장강의 뒷 물결이 앞 물결을 밀어낸다 하였다. 아쉬움은 있을지언정 부끄럽진 않다.”

“크음.”

종리사유의 입에서 탁한 침음성이 새어 나왔다.

아버지의 말씀인즉, 차이의 미세함을 떠나 당신의 수준이 전영에게 미치지 못함을 스스로 인정하는 발언이니 그러했다.

종리사유가 허탈한 음성으로 말했다.

“강호란 확실히 요물이군요. 그런 괴물을 만들어내다니……”

“다행히 이번 괴물은 이전의 괴물과 달리 우리 편이라는 것에 만족해야겠지. 영원히 우리 편으로 만들 가능성도 있다는 것에 더욱 기꺼운 일이고 말이다.”

종리장준의 담담한 음성에 종리혜를 바라보는 종리사유의 신색이 정색(正色)을 갖췄다.

"네가 원하지 않는다면 아버님과 우리 형제 모두 절대 밀고 나갈 생각이 없다는 것을 알아주기 바란다."

그 부분에 대해선 미리 얘기가 오갔는지 종리장준도 고개를 끄덕였다.

"아니요."

종리혜의 고개가 단호하게 저어졌다.

"솔직히 원하고 원하지 않고는 이제 와 중요하지 않다고 봐요."

"……?"

부자의 동일한 의아함에 종리혜가 자세를 고쳐 앉은 뒤 자신의 의견을 당당하게 피력했다.

"이미 아버지와 오라버니에게 들었잖아요. 놓치기에는 너무 아까운 사람이라고. 거기에… 당사자에겐 슬픈 일이지만 세상에 핏줄이라곤 여동생 하나. 그 말은 곧 제가 집을 나갈 필요도 없다는 환경까지 갖추고 있다는 거잖아요. 그렇다고 신분이 불확실한 사람도 아니고. 무엇보다 본신의 엄청난 실력이 아직 일 푼도 세상에 알려지지 않았다는 장점도 가지고 있으니… 훗, 오히려 제가 아닌 저쪽에서 손해 보는 일일 수도 있겠네요."

종리혜의 말은 단순히 너와 나의 조건 득실에 따른 계산 논리만은 아니었다.

정작 그 속에는 본인의 미래, 싫든 좋든 정해져 있던 미래를 본인의 의지로 바꿀 수 있다는 희망이 가장 크게 반영되어 있었다.

물론 기존의 칠대세가의 여식으로 태어난 의무.

여타의 칠대세가나 그와 엇비슷한 곳으로 시집가는 것도 그리 나쁘지는 않다.

세상에 혈연으로 결속된 것보다 든든한 우방은 없으니까.

안 그래도 다들 그렇게 하니까.

하지만 출가외인이라 했다.

정작 너와 나를 잇는 가교 역할의 중심인 자신은 어떻게 되는 것일까.

아마 처갓집의 위세가 급격히 하락하기 전까지는 편하게 살겠지. 운 좋으면 남편의 사랑도 한동안은 받겠지. 그 결과로 자식을 낳아 장성하는 모습을 눈에 담으며 기꺼워하다 죽어가겠지.

안 봐도 뻔하다.

이 역시 다들 그러니까.

그뿐이다.

그 안엔 그 어디에도 자신의 꿈은 없고, 칠대세가의 여식으로 태어난 여자의 의무에 포함된 삶만 있을 뿐이다.

종리혜는 그렇게 생각했다.

그래서 언제고 그런 행운이 찾아올 리 없다는 것을 알면서도 다른 미래도를 꿈속에서 그려봤다.

출가외인이 안 되도 되는 길.

몸만이 아닌 마음까지 편한 길.

그 안에 내가 고른 남자의 자식을 낳아, 그 아이가 본래 내가 자라고 내가 살아온 내 가문을 이끄는 길.

마침 그렇게 해줄 수 있는 남자가 나타났다. 능히 혈연의 우방이 가져다줄 이득을 그 한 사람만으로 대처할 만한 남자가.

나보다 한 살이 많을 뿐인데도 지금 당장 아버지와 비견되는 실력의 남자가 나타났다.

"그런 만큼 절대 놓칠 생각은 없어요."

꿈속에서나 그려보던 미래.

그 이상을 실현할 기회를 포착한 종리혜의 시선이 곤히 잠든 종리유하를 향했다.

'전… 바보가 아니니까요.'

종리장준의 처소를 나와 자신들의 처소로 돌아가는 전영의 발걸음은 날아갈 듯 가벼워 보였다.

반대로 전호연의 발걸음은 가벼운 듯 무거웠다.

"…이상해."

"또 도졌네, 저놈의 의심병."

기껏 도와준다는 데 뭐가 불만이란 말인가.

전영은 못마땅한 표정으로 혀를 차며 대뜸 한 손을 들어 올렸다.

"어어, 예전의 내가 아니다."

"피하겠다는 거야, 아니면 너도 때리겠다는 거야?"

"팔이 날아오는 각도와 강도, 뭐, 그런 것들을 종합해서 결정을 내려야겠지?"

"그래? 그럼 어디 한번……."

"내려봐 하면서 때리려고 그러지? 헤헤, 아서라, 아서. 이미 피할 준비 다 되었으니까."

힘에는 부작용이 따른다는데 전영은 눈치가 높아진 걸로 대신한 듯했다.

전호연은 이제 맘 놓고 팰(?) 수도 없다는 것이 아쉬운 듯 손목을 돌리며 말했다.

"어쨌든 난 이상해."

"대체 뭐가 그렇게 이상해? 생각지도 못한 횡재에 아닌 말로 좀 이상하면 또 어떻고?"

"단순한 횡재수가 아니잖아! 이건 대박이라고. 필연적으로 그에 걸맞는……."

함정이 도사린다고 하려다 그건 좀 상황에 안 맞는 어휘 표현 같아 말끝을 흐리는 전호연이었다.

그녀가 발치에 걸리는 작은 돌멩이를 툭 차올리며 다시 말했다.

"아버지가 말씀하셨지. 세상사 반대급부의 법칙이 존재한다고. 얻는 게 있으면 잃는 게 있다고. 이득이 클수록 그에 상응하는 손해도 크다고."

"그러셨지. 등… 뭐더라? 아, 등가교환의 법칙이라고 하셨던가? 하지만 너도 생각해 봐라. 지금 우리가 받는 대가에 비해 마땅히 줄 것이라도 있는지."

"없지. 그래서 더 이상하다는 거야. 종리세가가 무슨 적선세가도 아니고 자기네 가솔 무인들을 작살낸 사람에게 뭐가 예쁘다고 그런, 자신들만 손해 보는 적선을 하냔 말이지."

"음… 형, 아우 사이?"

"닥쳐."

"쳇!"

전영의 발치에서도 작은 돌멩이 하나가 불만을 담고 허공을 비행했다.

전호연이 그 돌멩이가 바닥에 떨어질 때쯤 입을 열었다.

"없는 게 아닐지도 몰라."

"그럼?"

"우리도 모르는 조건을 찾았을지도 모르지."

말이 씨가 된다고, 그 조건은 그날 밤 바로 건네졌다.

"도와달라고요?"

“우웅~”

“아, 여기요, 여기. 아~”

종리유하의 입속에 찬을 넣어주는 전영.

그걸 고양이처럼 쏙 받아먹고 ‘헤~’ 하는 종리유하.

‘역시 귀여워.’

아비보다 나이 많은(?) 딸자식을 가진 기분이 이러할까.

전영의 입가에 뿌듯한 미소가 어리자 종리사유가 재차 물었다.

“무리한 부탁인가?”

“에? 아아, 글쎄요. 무리라기보다는 너무 갑작스러운지라……”

전영의 시선이 전호연을 향했다.

뭐라고 해야 돼?

삼 년 만인가? 아버지에게 꾸중 들을 때 옆에서 같이 닦달하던 동생에게 사용한 후론 처음 사용하는 전영의 전음에 전호연은 놀라는 기색 없이 즉각 받아쳤다.

거절해.

“왜?”

뭐가 왜야? 니가 왜 남의 싸움판에 끼어들어?

맞는 말이다.

종리사유의 말인즉, 자신들의 복수에 가담하는 것이었고, 그것이 바로 적선의 조건이었다. 말이 좋아 부탁이지 거래나 마찬가지였다.

'복수는 복수로 매물을 대신한다, 이건가?'

내용도 무지 알차다.

'사도라……'

처음 들어본다. 유명한 이름이라도 지금 상황에선 모르는 이들이 대부분인 전영이었지만 어쨌든 이것 하나만큼은 방금 전 확실히 전해 들었다.

사도란 인물이 종리장준을 한 달 넘게 골골대게 만든 범인이라는 것을.

'그 거인을 그리 만들었다니, 쯧, 도움을 청할 만하군.'

지극히 단순하게 힘의 논리를 펴는 전영이었고, 그의 상념이 깊어지자 전호연이 눈을 치켜떴다.

"뭘 망설이는 거야?"

"좀 기다려 봐라."

"기다리긴 뭘 기다려? 빨리 거절해!"

"아이, 거!"

요게 또 거절을 종용하니 은근히 반발심이 생긴다.

'그렇잖아? 그저 자기네 복수에 가담하고 여차하면 빠져도 된다잖아?'

비상구가 있는 싸움.

쉽게 말해 죽을 것 같으면 도망치라는 말이었다.

그렇다고 거래를 무산시키지도 않는단다.

지출에 비해 남는 게 많은 장사임이 확실했다.

"우웅~"

종리유하의 반찬 달라는 재촉에 전영은 상념을 접고 대답했다.

"알겠습니다."

"아! 그, 그런가? 하하하! 정말 고맙네, 정말 고마우이."

전영의 결정에 내심 상당히 초조했던지 종리사유의 반색은 언뜻 호들갑스러워 보일 정도였다.

"이미 결정했으니까 오라비 입 가벼운 놈 만들지 마라."

반면, 전영의 접근 금지에 전호연은 당장이라도 상을 엎어버릴 기세였다.

꽈악!

그녀가 부서져라 주먹을 쥐며 발음에 힘을 준 전음을 날렸다.

"이.따. 봐."

"지금 봐."

"죽.었.어."

"……!"

전호연이 내뿜는 섬뜩한 빙성(氷聲)의 전음에 전영의 표정이 싸해지자, 혹여 그의 마음이 바뀔세라 종리사유가 얼른 도장을 찍어나갔다.

"아무래도 우리 지역만으로는 좁지 않겠나? 그래서 맹에

정식 건의 서신을 발송해 놓았네. 전.국.구.로 확대 실시해 달
라는 내용을 담아서 말일세.”

전국구에 힘을 주는 종리사유의 발음에 전영의 고개가 반
쯤 숙여졌다.

“그렇게까지 수고를 해주시다니…….”

“아니지, 아니야. 이왕 도와주기로 했으면 확실히 도와줘
야지. 그리고 모레쯤 내 직접 아버님을 대신해 맹으로 가볼
요량이니 조만간 좋은 답변을 기대해도 좋을 걸세.”

“정말 감사합니다.”

“하하하, 이 사람. 이제 한 식구나 마찬가지인데 뭘 그 정
도 가지……!”

종리사유의 시선이 황급히 방바닥으로 깔렸다.

‘아주 얼려 버릴 기세로군.’

그가 서둘러 자리를 털고 일어났다.

“그럼 이만 가보겠네. 아, 참고로 이번 일은 아직 시일에
여유가 있으니 아마 자네가 다시 련으로 돌아가 있으면, 그때
따로 사람을 시켜 연락을 취하게 될 걸세.”

종리사유의 말은 종리장준의 몸이 회복되려면 적어도 몇
달간의 요상 기간이 필요하다는 뜻이었다.

전영도 그 정도는 알아들었기에 고개를 끄덕이다 괜스레
미안한 표정을 지었다.

“저, 그런데… 막상 연락을 받고도 제 마음대로 드나들 수

있는 처지가 아닌지라……."

"그건 걱정 말게. 우리 쪽에서 다 알아서 조치를 취해놓을 테니 말이야."

"예에, 그래 주신다면야. 하하."

전영은 굳이 어떤 조치인지 물어보지는 않았다. 지금까지 그의 눈에 비친 종리사유의 준비성과 추진력이면, 어련히 알아서 하겠지 하는 안도를 주기에 충분했기 때문이다.

종리사유가 아직까지 전영의 한쪽 팔에 꼭 붙어 있는 종리유하에게 손을 내밀었다.

"자, 유하는 이만 가서 자야지?"

"…웅."

종리유하는 아쉬운 듯 잠시 전영의 팔에 몸을 비비적거린 뒤 천천히 자리에서 일어났다.

이제 아는 것이다.

저녁밥을 먹고 나면 헤어져야 한다는 것을.

그동안 아무리 떼를 써도 이것만은 어쩔 수 없다는 것을.

그녀가 종리사유의 손을 잡고 자리를 뜨자 전호연이 꾹 참았던 살인의 전조를 터뜨렸다.

"너, 미.쳤.지?"

"……!"

전영은 흠칫 놀란 표정으로 고개를 저었다.

"내, 내가?"

“그래, 너.”

“왜, 아… 아니야. 미치긴 내가 왜 미쳐.”

“아니야. 미쳤어. 그러지 않고서야 자살을 하진 않을 테니까.”

“자, 자살이라니?”

뜨거운 숨결의 교환.

“싫으면 타살도 좋고.”

콧속을 후벼 파는 살 내음.

“이래저래 죽는 건 마찬가지니까.”

밀착되는 서로의 육체.

턱……!

어느새 벽으로 몰린 전영의 떨리는 눈동자로 전호연의 날 서린 손톱이 서서히 들어차고 있었다.

“사… 살려줘.”

그들의 자금력

시월 중순.

정무련 내(內) 신입 교육 장소로 지정된 홍의각의 처마 끝에 가을 석양이 걸린 시각.

이번 신입 교육의 총책임을 맡은 장 교두의 입에서 자부심 가득한 목소리가 흘러나왔다.

"이것으로 백 일간에 걸친 모든 신입 교육 과정을 끝내도록 하겠다!"

"우와와와와―!"

기다렸다는 듯 강단을 질서 정연하게 메우고 있던 교육생들의 입에서 엄청난 함성이 터져 나왔다.

그리고는 서로들 얼싸안은 채 미친 듯이 각자의 괴성을 토해내는 그들의 모습에선 일견 주체 못할 정도의 격렬함이 엿보였다.

그들 대부분이 유력 문파 출신으로 고작 백 일간의 훈련 수료에 이처럼 자제가 안 되는 반응을 내보인다는 것이, 쉬이 납득이 가지 않을 정도로 산만한 모습들이었다.

그럼에도 교두 중 누구 하나 제지하는 이가 없었고, 오히려 방치하는 기색이 역력했다.

그들도 알기 때문이다.

말이 백 일이지 교육생들에게는 천 일, 만 일과 마찬가지였다는 것을.

일례로 교육 입전에 백서른하나였다가 최종 백열셋으로 줄어든 수료 인원만 보더라도, 이번 교육의 '빡셈'은 정말 장난이 아니었다.

"우하하하하! 이제 정말 끝이다!"

"그래, 정말 수고했다. 너도나도 우리 모두! 푸하하하하!"

고된 훈련 과정이 주마등처럼 뇌리를 스쳐 갈수록 이제 교육생이 아닌, 수료생들의 환호성은 더욱 커져 갔다.

프로첸도 그 속에 섞여 있었다.

그 역시 동료의 어깨를 감싸 안고 기쁨을 만끽하고 있었다. 그러다가 드문드문 세상 무너질 듯 안도의 한숨을 내뱉기도 했다.

‘하아~ 이제야 그 지긋지긋했던 암기 지옥에서 빠져나가는구나!’

솔직히 그에게 있어 이곳에서의 훈련 과정은 딱히 부대낄 정도는 아니었다.

개중 동틀 무렵, 반 시진씩 참선에 들어가는 명상 수련은 처음 며칠만 엉덩이가 배겼지, 이후로는 본인 스스로 그 시간을 기대할 정도였다.

“호흡을 가라앉히고 세상 만물의 흐름에 몸을 맡겨 참된 자신을 관조하라.”

아직도 그 의미가 무엇을 뜻하고 바라는지는 모르겠다.

분명한 건 참선의 시간이 거듭될수록 각각의 훈련 과정에 집중도가 높아진다는 것, 오직 그 시간에 그것만 몰두하게 된다는 것이었다.

‘언제인지는 몰라도 돌아가게 되면 휘하 기사들에게 많은 도움이 되겠어.’

실력 향상에 몸을 굴리는 것만이 능사가 아님을 프로첸은 이곳에서의 명상 교육으로 확실히 깨달았다.

그런 그에게 정작 이번 훈련의 고됨은 다른 곳에 있었다.

암기(暗記).

바로 외우는 일이었다.

특별히 과목으로 지정되어 있지도 않았다.

그냥 죄다 외워야 했다.

그중 동료와 교관들의 이름, 이건 저절로 외워졌다.

달랑 거기까지였다.

련에 소속된 주요 인사들과 그들의 별호, 출신지와 성명절
기까지 외우라는 명령에 프로첸은 입소 초반부터 밤잠을 설
쳐야 했다.

'그때 생긴 다크써클이 아직도 지워지지가 않아.'

하지만 어차피 한솥밥 먹는 처지. 외워두어 나쁠 것 없다는
생각에 거기까진 이해했다.

그렇게 얼추 보름이 지나자 교두가 물어볼 때 어느 정도 대
답을 할 수 있게 되었다.

그래 봐야 재깍재깍 대답 못할 때가 더 많았지만 본인 딴에
는 머리에 쥐나게 외운 최상의 결과였다. 나름 이곳에 나갈
때쯤이면 토끼뜀도 졸업하겠지 했고, 정말 그럴 줄 알았다.

그러나 그러거나 말거나였다.

암기 지옥은 그때부터가 시작이었던 것이다.

왜! 왜 남도맹의 주요 인사들에 대한 신상명세까지 외워야
한단 말인가!

본인으로선 도저히 납득이 가지 않았다. 앞뒤 잴 것 없이
당장 담당 교두에게 따질 작정이었다.

마침 교육 과정을 같이 이수하던 동료의 혼잣말이 아니었

다면 프로첸은 정말 그럴 심산이었다.

"같은 정도(正道)를 대표하는 관계이니 당연하겠군."

흠흠… 듣고 보니 그럴듯했다.

이전에도 상대 국가의 병력 상황, 특히 기사단의 정보는 달달 외워야 했으니까.

프로첸은 결국 이를 악무는 것으로 수긍하고 측간에 갈 때도 남도맹 인명록을 가지고 들어갔다.

다시 그렇게 한 달이 지나자 대충 그 사람이 그 사람이구나 싶어졌다.

그러나 누가 그랬던가.

복은 따로 오고 화는 떼거리로 몰려온다고.

프로첸은 그 말의 의미를 온몸이 떨릴 정도로 절감했다.

이번엔 사도맹과 마도련의 인명록이 기다리고 있었던 것이다. 게다가 배보다 배꼽이 더 큰 부록까지 딸려 있었다.

대륙 정세에 관한 현황이라 명명된 책자 안에는 중원의 각 지역, 크게는 성, 도, 현, 군의 지명과 주요 명승지, 주요 기관 등등이 빼곡히 들어 있었다. 즉, 발가락 근육까지 기억 세포로 바꿔야 할 판이었다.

프로첸은 거기서 무너졌다.

시시때때로 물어보는 교관들의 눈을 피해 은둔 아닌 잠적

생활을 하게 된 이유가 바로 거기에 있었다.

'후우, 겁나게 서러웠지.'

자칫 중도 포기의 유혹 속에 첨벙할 정도였다.

'그러나 나는 살아남았다! 결국 이 자리에 서 있다! 쿵!'

지난 설움에 감회에 젖은 듯 프로첸은 자기도 모르게 코를 훌쩍였다.

"모두 정렬!"

그때 강당 정면에서 환호성을 잠재우는 우렁찬 목소리가 흘러나왔다.

"내일부터 너희들에게는 오 일간의 휴가가 주어질 것이다. 그 기간, 련 외(外)로 외출할 사람은 강당 우측에 마련된 '저 곳'에서 자신의 이름을 기재한 뒤, 금전각에 들러 오 일간의 숙식 제공비를 받도록 한다. 그 외, 련에 머물 사람은 이곳의 본인들이 머물던 거처에서 교육 과정 이수 때처럼 숙식을 행해도 무방하다. 그 뒤, 휴가 다음날 진시(아침 7시)까지 다시 이곳으로 집합한다. 그때 련 내에 계신 장로 분들을 비롯한 고위 인사 분들이 참석하실 예정. 그분들 중 한 분이 너희들의 새로운 출발을 위한 축사를 해주실 것이다. 그러니 절대로 누구 하나 늦는 일은 없어야 할 것이다. 그 후 너희들은 각자 배속된 전, 당, 각으로 자신의 호패를 들고 입전하면 된다. 모두 알겠는가!"

"예, 알겠습니다!"

"좋아! 이 시간부로 모두 해산!"

"해산!"

일동 합창 아래 뿔뿔이 강당을 벗어나는 수료생들.

프로첸도 몇몇 동료들과 짧은 이별의 아쉬움을 나눈 뒤 자신의 이름을 기재하고 강당을 벗어났다.

프로첸은 홍의각의 연무장을 거슬러 입구에 도착하고는 자신이 걸어온 쪽으로 몸을 돌렸다.

'시간이 나면 언제고 다시 찾으마. 그동안 잘 지내다 간다.'

어느새 홍의각 처마 위로 별들이 총총히 떠다니고 있었다.

같은 시각.

정무련 팔대장로의 거처 중 독검문주 고승경의 처소로 누군가 들어섰다.

"오셨습니까."

방문 앞에서 대기하고 있던 고승경의 허리가 절반 이상 굽어졌다. 본인의 련 내 위치를 따져 보면 너무 황당할 정도로 공손한 태도였으나, 상대는 주인의 허락도 없이 정면의 상석에 털썩 자리하며 대뜸 물었다.

"알아봤는가?"

"직속상관인 제건각주가 개인적인 용무로 원행을 보냈다 합니다."

"원행이라… 목적지는?"

"그것이……."

"……?"

"캐묻긴 했으나……."

"밝히지 못했다는 거군."

이명돈 역시 이각(二閣)의 일각을 맡은 책임자이다. 그가 직속 부하를 다루는 일에 아무리 팔대장로의 일인이라도 관여할 권리는 없었다. 한마디로 본인이 밝히기 싫다면 어쩔 수 없다는 뜻이다.

"그럼 언제 돌아온다던가?"

"그, 그것도……."

고승경은 아직 자리에 앉지도 못하고 어물쩍 말꼬리를 흐렸다.

"끌끌……."

상석에 자리한 인물의 눈가에는 실망한 기색이 역력했다.

"기껏 도움이 될까 싶어 불렀더니……."

"…면목없습니다."

"암, 없겠지."

내심 남매를 기다리기로 한 지 한 달 보름이 훌쩍 지날 무렵.

문득 자신의 계획에 오류가 있음을 발견하고 그 즉시 고승경을 불러들였다.

그리고 열흘이 지나 고승경이 도착한 오늘 아침, 적어도 지루한 가운데 은근히 초조했던 마음은 어느 정도 상쇄되었다.

자신이 대행한 고승경의 아들의 위치 말고, 그 아비의 련내 위치라면 좀 더 다방면으로 사라진 남매의 위치를 파악할 수 있을 거라는 계산에서였다.

한데 지금 고승경의 대답은 면목없음, 즉 모른다였다.

여덟 명이 동등한 위치라지만, 조직의 두 번째 높은 서열에 있으면서도 남매의 행방을 알 수 없다는 것이었다.

물론 직속상관이 입을 열지 않으니 그렇다지만 어떻게 해서라도 알려고만 한다면 알아낼 수도 있을 터.

그것 하나를 못 알아내고 쩔쩔매는 꼬락서니를 보자니 그의 무능함에 화가 치밀기 이전에 어이가 없는 상석의 인물이었다.

'저런 걸 믿고 지금까지 일을 도모했다니…….'

이미 남매가 와도 좋고 안 와도 그만이라는 생각은 하고 있었다.

어차피 '입구'로 돌아가면 되니까. 언제고 '그놈들이' 찾아서 오면 그때 끝장내면 되니까. 결국 지루함의 시간이 더 길어질 뿐 '끝'은 정해져 있었다.

더해서 또다시 지루함을 탈피하고자 '다른 도박판'에 끼어들 계획도 이미 세워놓았으니 아쉽긴 하지만 깨끗하게 자리를 털고 일어나면 그만이다.

하나 만만치가 않아. 의외로 미련이 남는다. 끝까지 본전을 찾지 못하고 자리를 털고 일어나자니 생각 외로 슬슬 분노가 치밀어 오른다.

털썩!

그의 분노를 눈치 챘는지 고승경이 아들의 모습에 아들이 아닌 상석의 인물 앞에서 오체투지를 마다하지 않는 자세로 납작 엎드렸다.

"소, 송구합니다."

"큭, 송구? 무엇이 말인가? 찾지 못한 것? 아니면 애초 이렇게까지 일을 꼬이게 만든 자네의 안일함을 탓하지 않고 기다려 준 나의 쓸데없는 믿음을?"

쿵!

아들을 가장한 인물의 눈동자에 붉은 점막이 떠오르자 고승경의 이마도 벌겋게 물들었다.

"주, 죽여주십시오."

"죽여달라?"

말이 씨가 된다고 했던가.

후욱!

"컥!"

상석의 인물이 한 팔을 쭉 내뻗자 고승경의 입에서 단말마가 흘러나왔다. 어느새 그의 목줄기는 상석의 인물의 손아귀에 꽉 잡혀 있었다.

“지금 죽여달라고 했는가?”

“끄윽!”

실력 발휘를 하면 벗어날 수 있을까?

“정말 원하는가?”

“끄으으윽⋯⋯.”

아니면 상대의 손속에 반응도 못해보고 목줄을 잡힌 처지, 지금처럼 숨넘어가는 애처로움이 나을까?

고승경의 선택은 단연코 후자였고, 다음 순간 탁월한 선택이었음이 바로 증명되었다.

털썩!

고승경은 아장아장 걸음마를 배울 때를 제외, 처음으로 엉덩방아를 찧었다. 그가 창피해할 겨를도 없이 황급히 숨넘어가는 소리를 참아내며 다시 오체투지에 돌입했다.

“큭.”

그 모습에 상석의 인물이 비웃음을 던지며 자리에서 일어났다.

“이걸로 끝이다. 오늘부로 그대와의 거래가.”

“따르겠습니다!”

고승경은 지체없이 대답했다.

두려움.

지난 이 년간 자신을 억누르던 공포.

그 거미줄에서 벗어난다는 데 먼저 드러낼 수 없어서 그렇지 오히려 원하던 바다.

방금 전까지 생사의 경계에 놓였던 처지가 무색할 정도로 창백한 그의 입술에 희미한 미소까지 어렸다.

턱.

그사이 방문 앞에서 걸음을 멈춰 선 이가 귀찮다는 투로 중얼거렸다.

"최대한 빨리 불러들여라. 그 즉시 이곳을 뜰 것이니."

고승경의 진짜 아들을 말함이다.

"바로 연통을 넣겠습니다!"

드륵—

방문이 열리는 소리에 고승경의 얼굴로 다시 혈색이 돌아왔다.

'이제 정말 끝이구나.'

그런 줄 알았다. 하지만 너무 빨라.

"그래, 그래. 깜빡할 뻔했군."

상대가 문지방을 넘다 말고 뒤를 돌아다보았다.

"늦었지만 예의상 허락받을 일이 있었는데 말이야."

"……?"

"자네 딸에 관한 걸세."

"……!"

순간 고승경의 안색이 다시 창백함을 두르자 상대의 목소리가 이어졌다.

"거래 조건에 포함되진 않았으나 결과적으로 내가 너무 손해지 싶어서 말이야."

"어인 말씀이신지……?"

"야들야들하겠더군."

"……!"

고승경의 안면이 창백하다 못해 완전히 일그러졌다.

"이미 내 의사는 본인에게 전달해 놓긴 했네."

"……?"

"오늘 밤 내 처소로 들라고."

"……!"

"뭐, 그 아이도 은혜를 갚는다는 명목인지는 몰라도 거부는 안 하더군."

뿌득!

고승경의 어금니가 부서질 듯 갈렸다.

'지아(兒)가 대체 무슨 생각으로…….'

그로서는 이 상황에 화가 나기 이전, 딸아이의 판단에 도저히 납득이 가지 않았다. 비단 딸자식을 가진 아비의 마음이 그와 다르지 않을 것이다.

그래서 고승경은 영원히 알 수 없었다.

한 번의 부탁.

생명을 돌려주고 감정을 찾아준 것에 대해 이번 일로 그 마음의 부담을 완전히 벗어던지려는 딸아이의 마음을.

물론 그렇다 해도 고인지 역시 자신의 처녀지신이 더럽혀
진다는 것에 고심을 안 했을 리 만무했다. 하지만 역설적이게
도 동전의 앞면과 뒷면이 달라야 하나의 동전이라 했던가.

고인지는 자신의 처녀지신의 중요함을 돌아온 생명과 되
찾은 감정이 합쳐진 가치와 동일시한 것이었다.

거래로 따지면 받은 만큼 절대 모자라지 않게 줬다는 식이
었다. 터럭만치도 마음의 짐을 남기지 않겠다는 그녀 자신의
의지이기도 했다.

그런 고인지의 계산법을 알거나 모르거나 아비로선 당연
히 비통함을 느낄 수밖에 없었고, 상대는 그 비통함을 즐기듯
물었다.

"그리되었으니 예의상 허락은 받는 게 도리 아닐까 싶은
데. 어떤가, 자네 생각은?"

꾸욱!

'이 쳐 죽일 놈이 지금 뭐라 하는가! 딸의 처녀지신을 욕보
이겠다는데 아비인 나에게 어찌 생각하냐고?

고승경은 당장 저 주둥이를 찢어버리고 싶었다. 천 갈래 만
갈래 사지를 뜯어내 돼지우리에 처넣어, 세상에서 그 흔적을
지워 버리고 싶었다.

그러나 행(行)이 동반되지 않는 잡념일 뿐이었다.

고승경은 참을 수밖에 없었다.

상대에 대한 공포를 떠나서 버릴 수 없어서이다.

꿈[夢].

현재의 칠대세가가 팔대세가로 늘어나 그 속에 당당히 자신의 가문이 포함되는 꿈.

그 이상이 현실로 이룩될 날도 머지않았다.

눈앞에 그 영광된 앞날이 있어, 그 선봉장에 독경의 힘을 얻은 자신의 딸이 있다.

그리고 지금 그렇게 만들어준 상대가 너와 나의 거래에 대한 손해를 딸아이의 처녀지신으로 갚으라 한다.

'분노는 짧고 후회는 평생이라 했다.'

아비는 딸아이에 대한 죄의식을 이렇게 회피하며 말했다.

"그, 그렇게… 하십시오."

"큭, 내 그럴 줄 알았네. 본인이 거부를 하지 않는데 부모라 해서 이래라저래라 할 수는 없지 않은가? 크큭, 크하하하하핫—!"

방문을 완전히 넘어서는 기척과 광소에 고승경의 눈매가 질끈 감겨졌다.

'…이걸로 완전히 끝이다.'

딸아이에 대한 미안함이 아닌, 후련함에 몸을 내맡기는 아비였다.

*　　　*　　　*

프로첸이 금전각에 들러 휴가비를 받은 뒤 도착한 곳은 베이만이 일 년 전 구입한 가옥이었다.

악양루에서도 손꼽히는 숙수다 보니 꽤 널찍한 마당에 방이 여섯 개, 개인 요리실까지 구비되어 있었다.

프로첸이 그중 한 방에 들어서자 베이만의—도저히 요리와는 관련이 없어 보이는—거친 인상 위로 함박웃음이 지어졌다.

"하하하! 수고했어, 친구!"

"그래, 아주 수고를 하다 못해 죽는 줄 알았다."

두 사람이 서로 포옹을 하며 해후를 반기는 사이, 귀도 밝지 옆방에 있던 율란이 잽싸게 건너왔다.

"오! 이게 누구신가? 친구를 배신하고 혼자 정무련에 입성하신 프로첸이라는 양반 아니신가?"

"그래, 내가 바로 그 양반이시다. 그동안 키는 좀 컸냐?"

"암, 커도 아주 쑥쑥 컸지."

율란의 뻐기는 모습에 프로첸이 피식 웃으며 말했다.

"오냐. 어서어서 쑥쑥 커라."

"어이, 잊었나 본데 원래 내가 더 컸어. 이 중 내가 제일!"

"아암, 그랬지. 하지만 옛 영광을 되찾기 위해서는 적어도 십 년은 더 지나야 한다는 것도 잘 아시겠지, 철혈기사단 부단장님?"

"크으! 철혈기사단. 흑! 너무 오랜만에 들어서인가? 감동이 물밀 듯 이 사나이 가슴을 후려치네, 후려쳐.”

“풋— 푸하하하하!”

“하하하하하!”

베이만의 대소에 프로첸도 통쾌하게 따라 웃었다.

그 뒤 베이만이 간단한 주안상을 마련해 오자 그간의 격조함을 잡담으로 풀어내는 세 사람이었다. 그중 프로첸의 암기지옥에 따른 치떨린 과거사가 풀릴 때는 연신 죽겠다고 배꼽을 잡는 두 사람이었다.

그렇게 밤은 깊어가고, 간만에 얼큰하게 취한 세 사람 중 율란의 입술이 삐죽거려졌다.

“답장이 없어.”

“누구? 아～ 전 소저 말이냐?”

“혹시 교육받다가 본 적 있나?”

율란의 반문에 프로첸이 고개를 내저었다.

“말도 마라. 홍의각에서 백 일 동안 한 발짝도 벗어나 보질 못했다.”

“그래도 찾아오긴 했을 것 아니야?”

전영을 말함이었고, 프로첸이 말했다.

“나도 한번은 찾아올 줄 알았는데 일이 바쁜가 보더라고. 하긴, 정남무툰가 뭔가 때문에 이제 막 들어와서 어디 눈코 뜰 새나 있었겠냐? 제 딴에도 바쁘고 힘들었겠지.”

프로첸의 두둔에 율란도 수긍이 간다는 듯 고개를 끄덕였지만 서운한 감정은 어쩔 수 없는 기색이었다.

"짜식, 아무리 그래도 그간의 정리를 생각하면 적어도 한 번은 널 찾아봤어야지. 아니면 위치도 알려줬겠다, 이곳에라도 안면을 내비치든가."

"그래서? 전 소저의 근황을 알려줬어야 한다고?"

"야, 그렇게 콕 찍어서 친구를 놀리면 속이 시원하냐?"

"아니지. 나도 답답해서 그러지. 친구의 첫사랑이 시작도 못해보고 비극을 맞이할까 싶어서 말이다."

"그런 것치고는 어째 걱정해 주는 말투와 표정이 영 다른데?"

"무슨. 그냥 간만에 베이만이 차려준 음식 맛에 저절로 지어지는 미소라고 생각해라."

"오호, 그러셔?"

율란의 눈엔 전혀 그리 보이지 않았기에 그의 목소리가 자못 시비조로 변했다.

"이거, 철혈기사단보다 수준이 떨어지는 투란 기사단 부단장님께서 음식 맛에도 조예가 깊으신 줄 몰랐습니다그려."

꿈틀.

프로첸의 눈썹이 일그러졌다.

"이보게, 친구."

"말하게, 친구."

"말은 똑바로 하랬다고, 음식 맛에 조예가 깊다는 소린 겸허히 받아들이겠으나, 기사단의 수준이 떨어진다는 말은 도저히 수긍할 수가 없구만, 친구. 그 반대라면 몰라도."

"푸하―! 지금 그 반대라고 했나, 친구?"

"분명 그랬네, 친구."

프로첸의 당연하다는 말투에 율란이 황당하단 표정으로 말했다.

"여여, 이거 이젠 친구를 배신하는 것도 모자라 엄연히 제국 서고에 비치된 각 왕국 기사단의 전력도까지 스리슬쩍 바꿔 치려 드시네, 이 친구가."

"에이, 그거야 개인의 실력이 아닌 인원수로 책정된 전력의 논리라는 것쯤은 친구도 잘 알 텐데?"

"알지. 하지만 두 배가 넘는 수 앞에서는 개인의 능력치가 혹여 쬐끔 앞선다고 쳐도 결국 승패의 결과를 뒤바꿀 수 없다는 것도 아주 잘 알지."

"오호! 자네 지금 '쬐끔' 이라고 했나?"

"아니면 '약간' 이라고 고칠까?"

율란이 어깨를 으쓱하자 프로첸이 어이없다는 듯 중얼거렸다.

"허허, 이것 참. 부모 잘 만난 덕에 어영부영 인원수만 늘린 곳과 철저한 실력 검증이 뒤따르지 않으면 황태자 전하도 들어올 수 없는 우리 투란 기사단의 실력 차를 약간이라……."

탕―!

"누가 그래?!"

역린을 건드린 걸까?

율란이 식탁을 내려치자 프로첸이 짐짓 놀란 표정을 하며 눈을 깜박였다.

"허, 이 친구. 누군지 말해주면 어쩌려고? 그리고 말이야 바른말이지 않는가? 이미 다 아는 사실이기도 하고. 그나저나 젓가락은 왜 던졌나? 벌써 다 먹은 건가? 흐음, 아직 많이 남았는데 좀 더 들지 그러나?"

"이, 이!"

프로첸의 눈에 보이는 비아냥에 율란의 얼굴이 붉으락푸르락해졌다.

"좋아! 혹여 그런 놈이 한둘 있다고 치자. 하지만 그 부모를 잘 둔 뒷배경이 누구든 들어오는 즉시! 나한테 뼈를 깎는 훈련을 받는다는 것도 잘 알겠지? 충분히 가이언 왕국을 대표하는 한 사람의 기사로 태어나기 전에는 전면에 나설 수 없다는 것도."

"암, 잘 알지. 그래 봤자 고만고만하지만."

와락!

"어쭈? 이보게, 친구. 이거 지금 한번 해보자는 건가?"

"그래. 한번 해보자는 거다, 왜? 막상 이러니까 겁나나

보지?"

"풋, 지금 겁나냐고 했나? 암, 겁나지. 아동 학대로 고발당할까 봐."

"고발 안 해! 당장 붙어! 네까짓 것, 이 몸으로도 충분히 작살낼 수 있으니까!"

율란의 눈에 핏발이 올라서자 그에게 멱살을 잡힌 프로첸의 입매가 한쪽으로 쏠렸다. 가소롭다는 뜻이었고, 율란의 화를 더욱 자극하는 행동이었다.

평소 맏형 같은 넉넉함으로 동료들을 대하던 프로첸이었으나, 지금처럼 자신의 부하들에 관련된 것에서만은 절대 양보가 없었다.

다른 동료들도 그 부분만은 동일했기에 이런 상황이 발생한 것일 테지만.

어쨌든 율란이 씩씩대며 프로첸을 일으키려 하자, 그때까지 침묵하던 베이만이 심드렁하게 중얼거렸다.

"가소로운 것들."

"……!"

율란과 프로첸의 고개가 동시에 돌아갔다.

"너 지금 뭐라고 했어?"

그들의 이구동성에 베이만이 코끝을 살짝 긁었다. 그 행동이 아주 거만해 보였고, 역시나 그의 입에서 나오는 말도 마찬가지였다.

"이등 싸움에 목숨 걸지 말라는 거다."

"이… 이등?"

"너… 너, 지금 설마……."

"음. 당연히 최강은 우리 로즈 기사단이지. 여왕 폐하를 위해 제국 최고의 검사들이 모인 곳. 후후후, 표정들이 왜 그래? 자네들도 잘 알면서."

"…후후후?"

"…알면서?"

대개 이런 상황 전개는.

우당탕탕!

먼저 상이 엎어지기 마련이다.

쨍그랑! 휭―!

그 다음 술잔과 접시들이 바닥에 널리며, 마지막으로 율란의 고사리 같은 주먹이 앙칼지게 허공을 갈랐다.

퍼억!

"컥!"

미처 대비를 못했던 베이만의 턱이 한쪽으로 밀려났다.

"우억!"

연이어 그의 복부에서 참을 수 없는 통증이 가해지니, 프로첸이 앉은 자세에서 발차기를 쑤셔 넣은 것이다.

"……!"

반대로 발차기를 쑤셔 넣은 프로첸은 득의의 미소도 지어

보지 못하고 눈을 부릅떴다.

펵!

"뚜악!"

율란의 발뒤꿈치가 정통으로 정수리를 가격한 것이다. 그 불의의 일격에 머리통을 감싸 쥐는 프로첸의 눈에 고통보다 의구심이 먼저 일었다.

쭈우욱―

자신을 공격했던 율란의 한쪽 얼굴이 사정없이 일그러진 상태로 바닥의 먼지를 닦아내고 있었기 때문이다.

"……?!"

프로첸은 이 황당한 상황에 급히 머리통을 들어 올렸으나 눈앞이 깜깜해질 뿐이었다.

우극!

베이만의 발바닥에 안면을 정통으로 직격당한 것이다.

"꾸아악!"

프로첸이 뒤로 벌러덩 넘어가자 통쾌한 표정을 짓는 베이만이었고, 어째 오래가진 못할 것 같았다.

샤악―!

먼지 청소를 끝마친 율란의 팔꿈치가 베이만의 턱 앞에서 예리한 파공성을 뿜어내고 있었다. 한번 밀려났던 그 지점이다.

빠각!

"꾸아악!"

그렇게 밤이 깊어간다.

＊　　　＊　　　＊

사각.

가위질 소리가 방 안의 정적을 깨우고 주옥영의 눈앞에서 양피지가 펼쳐졌다.

"……."

그녀가 일정 시간 내용을 음미하듯 읽어 내려가고는 다시 서신을 곱게 접어 봉투에 집어넣었다.

톡, 톡, 톡, 톡—

그녀의 가늘고 긴 손가락이 다탁의 윗면을 규칙적으로 두드렸다. 생각을 정리하는 주옥영의 버릇 중 하나.

'두 달 후, 신년 행사에 초대 예정이니 허락해 달라고?'

으레 자신들의 세를 과시하기 위한 한 방편으로 다른 칠대 세가에서도 이맘때면 초대객들에게 명단을 보낸다.

본인의 가문도 마찬가지이기에 특별할 것은 없었다.

더욱이 가주의 목숨을 살려준 은인이니 명단의 최상단일 터.

전영 남매를 또 오라비의 호위로 지목했다는 것이 조금 여상스러울 뿐이었다.

그 외 의심할 만한 것은 없기에 가볍게 치부하는 주옥영이었다.

'그것보단 막내 따님을 이곳으로 보내시겠다라……'

따지고 보면 이 또한 문제될 것은 없었다.

비록 절차의 복잡함 등으로 인해 유명무실해지긴 했으나, 어쨌든 정도를 지향하는 양대거목으로, 서로 간의 교류의 장은 언제든 개방되어 있었다.

단지 종리혜보다는 소가주인 종리사유가 방문해, 더 많은 것을 배우고 더 많은 것을 알려주고 갔으면 하는 아쉬움 때문에 짚고 넘어갈 뿐이었다.

여하튼 이번 종리세가에서 보낸 서신 내용 중 특별히 수용하기 어려운 사안은 없었다.

'어차피 오라비야 가지 않으실 테고, 남매는 종리혜가 돌아갈 때 겸사겸사 귀행에 따른 호위로 돌리면 되겠지.'

스윽.

그렇게 결정 짓고 자리에서 일어나려던 주옥영은 이내 앉은 자세를 그대로 유지했다.

문밖에서 소하 말고 다른 이의 기척이 느껴져서이다.

"제건각주께서 오셨습니다."

"들어오시라 하여라."

주옥영의 허락에 방문이 열리고 이명돈이 쌀쌀한 날씨에도 불구하고 옷감이 얇은 갈색 마의 하나만을 걸친 채 들어섰다.

그가 뒤뚱걸음으로 다가와 자리에 앉자, 소하가 쪼르르 앞으로 다가와 빈 잔을 내려놓았다. 그리고 주옥영의 옆에 놓인 주전자를 들어 차를 따라주고 다시 쪼르르 물러났다.

그녀가 방문을 닫자 이명돈의 입가에 흐뭇한 미소가 걸렸다.

"눈치가 빠른 것이 참 똘똘한 아이입니다."

"예, 많은 도움을 받는답니다. 아, 그러고 보니 이 각주께도 저만한 딸이 있으시지요?"

삐질!

이 또한 역린을 건드린 건가.

이명돈의 표정이 순간적으로 일그러졌다.

"크음, 하나 있긴 하지요. 그래 봐야 나이만 비슷할 뿐이지만 말입니다."

언뜻 들리는 얘기로는 아비의 몸무게와 비슷하다고 했다.

가히 천하제일.

적어도 한 성을 대표할 만한 몸집임에 분명하다.

하지만,

"혼인식은 치른 걸로 아는데요?"

그럼 문제될 게 없다고 보는 주옥영이었으나 이명돈의 축 처진 볼살이 더 처지는 것을 보아하니 그게 또 그렇지만도 않은 모양이다.

“굼벵이도 구르는 재주가 있다고, 어찌어찌 제 짝을 만나 긴 했으나……”

이명돈이 말끝을 흐리자 주옥영이 뒤늦게 생각난 듯 안타 까운 어조로 말했다.

“아직 아이가 없다고 하셨지요?”

“의원 말로는 체중 조절이 필수라더군요.”

확실히 그 몸으로는 임신도 힘들뿐더러 임신을 해도 산모 와 태아, 둘 모두에게 안 좋은 문제가 발생할 소지가 다분했 다.

이명돈이 이곳에 없는 딸아이를 상상하며 말을 이었다.

“녀석이 아이를 워낙 좋아하는지라 의원의 말에 이만저만 노력을 안 해본 것도 아닙니다. 식사 조절은 기본이고, 평생 해보지 못한 자세로 뒹군다든가 말이지요. 허허, 그럼 뭐 합 니까? 물 한 잔만 마셔도 도로 아미타불인 것을……”

체질의 문제.

이명돈의 토로는 운동과 식습관 개선으로도 풀기 힘든 난 제를 들추고 있었다.

그중에서도 그의 딸은 공기만 마셔도 살이 찌는 최악의 체 질이었다. 그로 인해 아이를 못 가진다는 것이 어찌 보면 당 사자에겐 천형이리라.

주옥영도 같은 여자의 입장. 그 천형의 고통을 당해보지 않 아도 이해할 수는 있었다.

‘여자로 태어나 아이를 낳을 수 없다는 것은 스스로의 존 재성을 부정당하는 것이나 마찬가지지.’

그녀가 은근한 음성을 던졌다.

“한번 오시라고 해주세요.”

“……?”

“제 오라버님이 수일 내, 이곳으로 방문하실 예정입니다.”

“아!”

딸의 비만 문제로 생기를 잃었던 이명돈의 눈동자가 살집 속에서 반짝였다.

“직접 보셔야 아시겠지만 작게나마 도움을 주실 순 있으실 겁니다.”

“하하, 아무렴요. 천하의 신의 어르신 아닙니까? 하하하 하―!”

턱살이 떨리도록 파안대소를 하는 이명돈이었다. 자칫 가 볍게 말을 꺼냈던 상대에게 부담을 줄 수도 있었으나, 주옥영 은 가슴속 응어리가 그만큼 컸다는 반증으로 해석했다.

내심 이번 일로 이명돈을 좀 더 확실히 내 사람으로 만들 수 있겠다는 심리가 작용한 까닭이기도 했다.

그녀가 이명돈의 웃음이 멈추길 기다려 물었다.

“그런데 무슨 일로 찾으신 건지?”

“아아, 이런. 제가 딸아이의 걱정에 결례를 범했습니다.”

“훗, 아닙니다. 편히 말씀하세요.”

주옥영의 입가에 미소가 걸리자 이명돈은 감히 쳐다보지 못하고 목살을 접으며 말했다.

"다름이 아니오라, 어제 전 부감(부감독)을 찾는 사람이 또 있었습니다."

"전 부감을요?"

"예."

이명돈은 침을 한번 삼킨 뒤 말을 이었다.

"한데 신기하게도 저번엔 아들이 찾더니 이번엔 그 아비가 찾았습니다."

"고 장로님을 말씀하시는 건가요?"

"예. 그것도 절 직접 찾아왔습니다."

"이유는요?"

주옥영의 눈빛이 달라지자 이명돈이 목살을 좌우로 비비며 말했다.

"일언반구, 묻기만 할 뿐 이유에 대해서는 밝히지 않았습니다. 하여 제 딴에는 이상하다 여겨 사람을 시켜 알아봤더니 마치 범인을 색출하듯 런 내를 이 잡듯 샅샅이 뒤지는 눈치였다 합니다. 아, 방금 이 말은 부하의 보고에 따른 제 개인적인 견해지만 말입니다."

"그래요?"

주옥영의 억양이 올라가자 이명돈이 서둘러 자신의 입장 표명을 확실히 했다.

"당연히 저번에도 그랬고 이번에도 역시 제 개인적인 용무로 원행을 보냈다고만 했습니다. 기한도 정해진 것이 아니라 했고, 위치 또한 알려주지 않았습니다."

맘에 드는 답변이런가.

"배려에 감사드립니다."

주옥영의 억양이 다시 차분해지자 이명돈이 넉살 좋은 웃음을 터뜨렸다.

"하하, 감사라니요. 저야 분부하신 대로 따를 뿐입지요."

정무련의 십오대 기관(오전, 오단, 삼부, 이각) 사이에는 딱히 지위 고하의 등급이 나눠지지는 않았다.

각자 맡은 일이 다를뿐더러 문무에 차별을 두지 않는다는 련의 정책 때문이었다.

그러나 밑바탕이 무(武)를 숭상하는 강호 단체이다 보니 시간이 지날수록 서로 간의 지위 등급이 저절로 정해졌다.

삼부이각보다 오전오단이 한 끗발 높다는 사람들의 인식 변화가 그것이었다.

지금 이명돈과 주옥영의 알게 모르게 서로를 대하는 입장 차이가 그것을 말해주고 있었다.

톡, 톡, 톡, 톡─

이명돈이 용무를 끝내고 자리를 뜨고 다시 홀로 남아 다탁을 두드리는 주옥영의 손가락 끝에는 뜻하지 않은 고심이 묻어 나왔다.

‘고 장로도 찾는다라……’

그의 아들인 고명도가 찾았을 때, 뭔가 꺼림칙한 기분에 사람을 붙여놨었다. 결과적으로 특이할 만한 사항은 발견되지 않았다.

하지만 그 아비도 찾는다면 그 자체로 특이했다.

‘범인을 색출하듯 련 내부를 샅샅이 뒤질 정도라……’

개인적인 견해라고 밝혔지만 이명돈의 눈썰미는 예리하기로 정평이 나 있었다.

검 실력 또한 화산의 속가 출신 중 손가락 안에 드는 절정 고수로, 겉보기와 달리 다재다능한 사람이 바로 그였다.

결코 만만히 볼 사람이 아니었고, 그걸 잘 알기에 고승경도 꼬치꼬치 캐묻지 못했을 터.

이래저래 확실히 짚고 넘어갈 만한 문제임엔 틀림없다고 여기는 주옥영이었다.

“비설 있느냐?”

“대기 중입니다.”

허공을 찍는 목소리에 주옥영이 다탁을 두드리던 손가락을 모아 쥐며 말했다.

“지금부터 고 장로 부자의 일거수일투족을 감시, 특이한 변동 사항이 있을 시 즉각 연락하도록 해라.”

“예.”

대답과 동시에 자신의 기감에 기척 하나가 사라지자 주옥영은 자리에서 일어나 창문을 열었다.

흘러가는 구름 사이사이, 따사로운 햇살은 세상을 노곤함으로 인도하고 있었다.

그 속에 주옥영의 혼잣말이 다짐을 섞어 흘러들어 갔다.

"어느 누구도 다신, 그 아이에게 상처를 줄 수 없어."

*　　　*　　　*

전영은 지난 삼 일간 방구석에 처박혀 한 발짝도 나서지 못했다.

본의가 아닌 전호연의 살생부에서 간신히 목숨을 구한 죗값을 자숙이란 판결로 이행하는 중이었다.

옆에서 전호연의 잔소리가 이어짐은 으레 당연한 수순.

전영은 찍소리도 못하고 겸허히 받아들이는 자세를 고수했다.

그 뉘우침이 빛을 발했는지 전호연은 어제 아침부턴 쫑알쫑알대지 않았다. 낮부터는 마당을 넘어선 문밖출입도 해제시켜 주었다.

그리고 저녁 무렵, 주벽세의 전갈이 날아들었다. 내일 오전에 출발할 예정이니 돌아갈 채비를 하라는 것이었다.

이에 전영은 '채비할 것이나 있나?' 하며 중얼거렸고, 그건 전호연도 마찬가지였다.

더불어 돌아가는 길, 종리혜의 합류도 이어졌다. 세가의 복수를 위해 조만간 전영의 도움을 받는 것에 대한 중간 연락책 임무가 그 이유였다.

이미 정무련에서 그녀가 기거할 곳이나 부대 준비도 은월단주에게 서신을 보낸 상태. 그쪽에서 다 알아서 해주기로 약조가 되어 있었다.

다음날 이른 아침, 정문을 나서는 전영의 눈에 사두마차 세 대가 들어왔다.

하나는 주벽세, 다른 하나는 자신들과 종리혜를 위한 것일 테고, 또 하나는…….

'혹시 선물만 따로 실은 마차… 일 리가 없지.'

꿈도 야무지다며 전영이 피식 웃자 종리사유가 다가오며 별거 아닌 듯 말했다.

"어르신께서 한사코 마다하시어 최대한 간소하게 준비한 것일세."

"……!"

오호, 통재라!

범인의 상상력으론 그 자금력의 범주를 잴 수 없는 곳이 바로 칠대세가라더니, 그곳의 최대한 작은 성의란 마차 한 대 분이란다.

전영의 입이 놀라움 반, 부러움 반으로 인해 입천장이 보이는 것은 당연했다.

슬쩍 흘겨본 결과 사두마차 안에는 역시나 선물 꾸러미가 빈틈없이 꽉 들어차 있었다.

'저… 저것들을 현금으로 다 바꾸면 얼마나 되는 거야?

최소 방이 백 개 딸린 기와집이 몇 채?

'설마… 며… 몇십 채?

꿀꺽!

저도 모르게 침을 삼킨 전영은 곧바로 흙바닥을 툭 찼다.

'쳇! 나도 도와주기로 했는데……'

사도 문제에 있어 엄연히 서로 간의 이득이 부합되어 손을 잡았으니 콩고물을 바랄 입장은 아니었다. 하지만 괜스레 남이 땅을 사니 살살 아랫배가 아파온다.

그런 전영의 옆구리를 전호연이 쿡 찔러 들어왔다.

"왜? 배가 아프셔?"

"아프지. 아주 많이 아프지. 그래서 떫나?"

"떫을 것까지야 없지. 그저……."

"아서라. 괜히 속물근성 운운할 거면 저~기 네 눈길 한번 받아보려고 자라목 된 사람한테나 가서 해라."

전영의 시선이 종리운보를 향하자 전호연은 쳐다보지도 않고 코웃음을 쳤다.

"흥, 난 저런 근육 덩어린 싫어."

“조~기 저 사람도 쳐다보는데?”

“서생 같은 사람도 싫어.”

“그거 둘 빼면 또 뭐가 있는데?”

“있어.”

“어디?”

“너나 신경 쓰시지?”

“오호, 말꼬리 돌리기?”

“아까부터 저쪽도 너만 쳐다보던데?”

이번엔 전호연의 시선이 종리혜를 가리키자 전영의 고개가 좌우로 저어졌다.

“내 나이 스물하나다.”

“그게 뭐?”

“뭐긴? 저기 저 눈길이 호감인지 아닌지는 딱 보면 판별할 수 있다는 말이지.”

“내 눈에는 호감이 섞여 있는 것 같은데?”

“에비, 괜히 잘나가는 집안 여식, 하루아침에 부엌데기 만들 생각 하지 말고… 아, 저기 나오신다.”

전호연이 고개를 돌리자 종리장준과 주벽세가 나란히 정문을 나서고 있었다.

무슨 담소들을 나누는지 연신 환한 표정이었고, 주벽세가 마차에 오르자 이번엔 아쉬운 담소들이 오고 갔다.

그사이 종리사유가 멀찍이 떨어져 있던 종리혜를 데리고

남매에게 다가왔다.

"좀 더 머물었으면 좋았을 것을."

"저도 그러고야 싶지만 어르신을 호위하는 입장이니 어찌겠습니까. 그분 뜻에 따라야지요."

"그도 그렇긴 하네만……."

종리사유가 아쉬운 표정을 짓고는 종리혜의 어깨에 한 손을 올렸다.

"하기야 이왕 떠나는 마당에 더 붙잡아본들 아쉬움만 깊어질 뿐이겠지. 그보단 어제 말한 대로 잘 좀 부탁하네."

"잘 부탁드립니다."

종리혜가 한 걸음 나서서 고개를 숙이자 전영이 손사래를 쳤다.

"어휴, 부탁이라니요. 저희가 무슨 힘이 있다고."

"아닐세, 아니야. 비록 은월단주님께서 혜아를 봐주신다고는 했으나 그분 위치가 있질 않은가? 공무가 이만저만 바쁘신 게 아닐 터. 솔직히 말을 나누기에도 어려운 분이기도 하시지. 그러니 내가 믿을 사람은 자네들뿐이란 말일세. 가뜩이나 활동적이지 못한 혜아의 성격상, 혼자 고립되어 쓸쓸히 지내지 않도록 자주 만나서 얘기도 하면서 잘 좀 돌봐주게나."

종리사유의 눈가로 막내 여동생을 걱정하는 그윽한 마음이 고스란히 묻어 나왔다.

그 모습에 전영은 최대한 믿음을 준다는 자세로 어깨를 쭉 펴며 말했다.

"그런 거라면 걱정 마십시오."

돈 들어가는 것도 아니요, 오라비의 정식 허락 아래 미인과 대화를 나누며 친분을 쌓는 일이다. 반대할 이유가 전혀 없었다.

"아, 그리고 보니……."

종리사유가 불현듯 생각난 얼굴로 전영을 바라보며 말했다.

"아직도 서로 존대를 하고 있었군."

"……?"

"혜아에게 말일세. 자네가 한 살 많으니 오라비 아닌가?"

"아… 예에."

어색하게 뒷머리를 긁적이는 전영 또한 기억을 못하는 것은 아니었다.

다만 서로 말을 놓기로 한 이후 서로 얼굴을 대면한 적이 없기에 쑥스러울 뿐. 먼저 말을 놓기 전까지는 존대를 할 생각이었는데 종리사유가 끼어들자 전영으로선 괜히 무안해지기까지 했다.

그의 쭈뼛거림에 종리사유가 씩 웃으며 종리혜를 바라봤다.

"아무래도 네가 먼저 해야겠구나. 안 그런 줄 알았는데 영 아우가 쑥스러움을 타는 걸 보니 말이다."

“예, 앞으로는 영 오라버니라고 부를게요.”

종리혜가 서슴없이 대답하자 혼자 무안했던 것이 우스운지 전영은 또다시 뒷머리를 긁적였다.

“저도 앞으로는 혜 매라고 부르겠습니다.”

전영은 막상 부르고 나니 별로 어색하지 않다는 생각에 고개를 옆으로 돌렸다.

“너도 불……?”

그의 말이 도중에 잘렸다.

옆에 있는 줄 알았던 전호연이 보이지 않아서였고, 그녀는 어느새 마차 앞에 서 있었다.

‘언제 저리로 간 거야? 꿍한 표정은 또 뭐고?’

전호연의 표정은 뭔가 상한 음식을 먹었을 때와 비슷했다. 전영은 왜 저런가 싶어 다가가려다 멈칫 종리혜를 바라봤다.

“같이 가자. 어차피 곧 출발할 것 같으니까.”

“예, 영 오라버니.”

그새 입에 붙었는지 종리혜가 생글거리며 다가오자 전영은 부지불식간 전호연을 흘겨봤다.

‘이래야 돼. 자고로 여동생이란 이래야 하는데 말이지.’

못내 아쉽다. 하지만 물 한 잔 마실 시간 차이로 뒤늦게 태어나지 않은 것만 해도 천운이라 자위하며 전영은 씁쓸한 속을 달랬다.

“워～ 워～”

그가 종리혜와 나란히 마차로 다가가자 마침 주벽세를 태운 마차가 출발하려는지 마부가 채찍을 움켜쥐었다.

세 사람은 서둘러 종리장준에게 눈인사를 전하곤 마차에 올라탔다.

그 즉시 마부의 채찍 소리가 들리더니 마차가 구르기 시작하자 전영은 덧창을 열고 고개를 내밀었다.

젓가락을 나열한 듯 정문에 쭉 서서 손을 흔드는 사람들이 보였는데 그들 중엔 없었다.

울며불며 매달릴 것을 예상해서 깨어나기 전에 출발하는 것이니 당연히 보일 리 없었다.

'쩝, 어차피 몇 달 후면 다시 볼 테지만… 그래도 맴이 영 그러네.'

아침이라도 먹였으면 나았을 텐데.

제3장

부자(父子) 타협

새벽녘 정무련으로 들어선 프로첸은 현재 홍의각 강당에 앉아 있었다.

시간이 지날수록 휴가에서 복귀한 동료들이 속속 모여들었고, 그들은 프로첸을 보자마자 꼬박꼬박 한소리씩 건넸다.

"술 처먹고 어디서 행패라도 부렸냐?"

"아니."

"벽에 부딪치기라도 한 거야?"

"아니."

"문지방에 걸려서 넘어지기라도 한 거야?"

"아니라니까!"

결국 참다 참다 자리에서 벌떡 일어난 프로첸의 콧잔등엔 고약이 붙여져 있었다.

베이만의 일격에 코뼈가 주저앉은 것이다. 눈두덩이 주변으로 시퍼런 기운은 율란의 작품이었고, 앞서의 질문이 나올 만한 면상이었다.

"썩을 놈들!"

프로첸은 더 이상의 추궁성 놀림을 회피하려 강당의 끝 부분, 구석진 곳으로 자리를 옮겼다.

얼마 지나지 않아 동료들이 다 모이자 교육 과정을 맡았던 교두들 중 한 명이 정렬을 명했다.

신입 무사들이 분분히 자리에서 일어나 열과 줄을 맞추자, 때마침 강당의 후문을 통해 일단의 무리가 들어섰다.

웅성웅성.

그와 동시에 강당 안에서 작은 소요가 일었다.

총교두인 장 교두의 안내를 받아 강당 중심으로 이동하는 다섯 명.

그들의 몸에서 자연스레 흘러나오는 울림. 그 기파의 공진이 선사하는 절대강자들의 오연함에 신입 무사들의 입에서 합창하듯 새어 나온 탄성이 그 원인이었다.

'과연 명불허전이라 했는가!'

가장 끝 줄에 서 있던 프로첸도 그들의 존재감에 일순 숨을 멈출 정도였다.

“좌우 정렬!”

교두의 쩌렁쩌렁한 목소리가 강당을 울리자 다시 자세를 잡는 신입 무사들이었다.

“……”

그 뒤 바늘 떨어지는 소리도 들릴 정도의 정적 속에서 장 교두의 목소리만이 강당을 메웠다.

먼저 간단한 식순이 거행되었고, 사이사이 오 인의 소개가 짤막하게 이어졌다.

마지막으로 축사가 이어질 차례.

프로첸의 코끝이 벌름거렸다.

‘또 지끈거리기 시작하는군.’

긁을까 말까를 고민하는 그의 귀로 낭랑한 목소리가 이어 졌다. 누군지 몰라도 중후한 목소리가 일품이다.

프로첸은 무심코 앞쪽을 바라봤다.

그의 시선에 짙은 녹의를 입고 축사를 하는 인물이 보였다.

‘…응?

그런 그의 두 눈에 갑자기 의구심이 일었다.

‘저 사람은…….’

자신의 기억 회로가 퇴화되지만 않았다면 분명 축사를 하 는 인물은 어디선가 안면이 있는 얼굴이었다.

신기한 일.

분명 축사를 하는 인물은 앞전의 소개에 이곳 정무련의 팔대장로 중 한 명이라 했다. 그런 높은 사람을 어디선가 본 적이 있는 것 같다니.

프로첸은 의아한 가운데 의구심을 지속시켜 나갔다.

'어디지? 어디서 봤지?'

그의 두뇌가 빠르게 회전하기 시작했고, 어느 순간,

'맞아! 그때!'

그의 대뇌로 벼락이 내리쳤다.

*   *   *

아이덴력 478년.

―약속의 날.

그날 한 스승 밑에 조국과 출신 배경이 각기 다른 네 명의 제자가 같은 장소에 모였다.

그리고 스승의 모든 역량이 쏟아 부어진 그곳에 함께 올라섰다.

좌표 '인간 본연의 능력이 가장 강한 차원' 으로 정해진 마법진 위에.

그 뒤 사고의 정지와 함께 시간이 얼마나 흘렀을까.

다시 돌아가는 기억 회로와 눈앞에 펼쳐진 하늘은 조국의 그것과 마찬가지로 눈이 부시도록 맑고 청명했다.

그 하늘색 천막을 바라보며 프로첸은 감회에 젖기보단 소리를 질렀다.

"왜! 왜, 나 혼자밖에 없는 거야!"

같이 이동했기에 당연히 같이 도착할 줄 알았다. 그런데 그게 아니었다.

주위로 허허벌판, 아니, 모래 천지였다.

사막.

이곳에도 조국의 그것과 같은 사막이 있었고.

전혀 반갑지가 않다.

프로첸은 연신 소리만 질렀고 그러다 뚝 멈췄다.

"나도 경험해 보지 않아서 모르겠다만 브로키네스 그 '골드' 가 말하더구나. 차원 이동을 하게 되면 시간의 굴곡이 있을지도 모르겠다고. 그렇다고 너무 새겨듣지는 말거라. 확실한 것은 아니라며 아주 '넌지시' 말했으니 말이다."

차원 이동을 하기 전 스승님이 넌지시, 아주 작은 목소리로 지나가듯 했던 말이 기억난 것이다.

그리고 정말 그 '넌지시' 대로였다.

프로첸은 장장 이 년이 흘러서야 눈두덩이 시퍼런 베이만을 맞이했고, 세 달이 더 흘러서야 어린아이로 변한 율란을 맞이했다.

그때가 지금으로부터 삼 년 전 일이었고, 그 둘이 도착하기 전까지 프로첸은 낯선 환경에 혼자 적응하느라 이루 말할 수 없는 고초를 겪었다.

아마 목걸이로 착용하고 있는 마나석에 스승님이 부여해 준 라스톤―언어 동화 마법―이 없었다면 말도 못하고 미쳐 버렸을 가능성이 다분했다.

또한 같은 목걸이를 착용한 사람을 찾아주는 포지션파인더―위치 추적 마법―도 없었다면 이 년이고 자시고 이백 년이 흘러도 한자리에 모이지도 못했을 터였다.

그 외에도 이곳으로 가져온 모든 물품에는 스승님의 배려로 각자 범위의 차이만 있을 뿐 같은 마법이 걸려 있었다.

어쨌든 '루인' 을 제외한 모든 동료가 모였기에 프로첸과 율란, 그리고 베이만은 그 즉시 이곳으로 온 '일차' 목적 이행에 착수했다.

그리고 이 년 전 겨울이 끝나갈 무렵.

드디어 자신들이 이곳으로 온 일차 목적인 '메모리스톤' 을 찾아냈다.

그러나 단번에 회수하지 못했다.

어찌 된 일인지 자신들이 찾던 메모리스톤에 먼저 눈독을 들이는 놈이 있었던 것이다.

그가 바로 사천분쟁을 일으킨 적안귀성이라는 반미치광이였다. 그놈의 다분히 개인적인 '보물 수집' 취미가 발단이 되어 사천분쟁이 발생했고, 그때 메모리스톤의 동선도 같이 사라졌다.

이에 사방팔방으로 그 동선을 수색한 결과—이곳으로 넘어오기 전 가져왔던 모든 돈을 쏟아 부은 결과—사천분쟁에 참가한 한 무인의 손에 메모리스톤이 취득되었음을 알게 되었다.

그 즉시 프로첸과 율란은 감숙으로 이동했고, 거기서 보았다.

전영이 폭주하기 전날,

자신들이 찾던 메모리스톤을 전가장에서 찾던 암살범들.

그중 메모리스톤을 찾지 못함에 모두 죽이고 죽여 끝끝내 전영의 아버지마저 죽여 버린 그 암살범들의 총수 얼굴을 보았다.

그리고 지금, 전혀 예상치 못한 곳에서 프로첸은 그 얼굴을 또다시 마주하고 있었다.

프로첸은 부랴부랴 그날 저녁 한 달에 두 번 허락되는 외출 허가증을 발급받아 베이만의 집에 도착했다.

"어라? 오늘 입단 회식 있다고 하지 않았었나?"

"마침 임무 수행 중인 대(隊)가 있어서……. 그것보다 베이만은?"

"오! 기습의 달인 아니신가?"

호랑이도 제 말 하면 온다고, 마침 베이만이 정문으로 들어섰다.

프로첸은 방 안으로 들어서며 그에게 손짓했다.

"빨리 들어와 봐."

"왜? 다시 붙자고? 하~ 안 그래도 네놈의 발차기에 속이 뭉그러졌는지 계속 피똥만 싸는……."

"빨리 들어오라는데 웬 잔말이 그렇게 많아!"

부릅!

프로첸의 성화에 눈을 부라리는 베이만이었으나 성질 낼 틈이 없었다. 프로첸의 표정이 장난 아니게 다급해 보였기 때문이었고,

"긴급 사태 발생이다."

역시나였다.

방 안의 공기는 착 가라앉아 있었다.

"…어쩔 거야?"

율란이 포문을 열자 베이만이 은근슬쩍 의견을 제시했다.

"말해야 되는 것 아닌가?"

얼굴만 알 때와는 달리 이제 신분까지 알게 되었다.

당사자에게 그 정체를 알려줘야 하는 게 도리 아닌가 싶은

베이만이었다.

"아니."

프로첸의 고개가 묵직하게 저어졌다.

"상대는 정무련의 팔대장로 중 하나야. 개인적으로도 이십사절의 칠사에 속한 실력자에 독검문이란 배경까지 등지고 있고. 힘과 권력 둘 모두에서 최고점에 도달한 놈이란 말이야."

"그럼 알려주지 말자는 거야?"

"아니."

프로첸의 연속된 부정에 율란이 끼어들었다.

"이것도 저것도 아니라면 어쩌겠다는 거야?"

"먼저 확인해 봐야지."

"무슨 확인?"

프로첸의 시선이 베이만을 향했다.

"접점. 전에도 말했지만 우리가 지금 이곳 악양에 머물러 있는 이유도 그것을 확인하기 위한 거잖아."

그렇긴 하다.

"하지만……."

베이만이 못 먹는 감을 찔러보는 표정으로 말했다.

"너무 비현실적이지 않나?"

프로첸의 가설에 일부 타당성은 인정한다. 말로만 들었지만 마법 발현을 목격했다니까. 하지만 아무리 그래도 상식이란 것이 있는 법.

'차원 이동 중 루인의 혼(魂)만 살아남았다고? 그것도 그 녀석의 몸을 기착지로 삼기까지?

프로첸의 가설인즉, 아직까지 도착하지 않은 루인이 실제로는 이미 자신들처럼 이곳에 도착했다. 그 와중에 육체는 무슨 이유에서인지 사라지고 그 혼(魂)만이 전영의 몸을 기착지로 삼았다는 내용이었다.

그 밑바탕에 전영이 내보인 폭주의 능력. 그때 전생에게서 느껴지던 루인의 '절대력'과 그 힘을 사용함에 필연적으로 발산되는 '이질감'을 증거로 내세웠다.

하나 그뿐이다.

그 뒤로는 이 년이 넘도록 한 번도 그 이질감이나 자각의 낌새가 느껴지지 않는다고 했다.

베이만의 기준으로 여전히 납득이 가지 않는 부분이 바로 그것이었다. 너무 자신들 쪽으로만 좋게 생각하는 것 같았다.

'전영이란 녀석이 왜 그걸 가지고 있었는지는 모르겠지만 어쨌든 메모리스톤을 회수한 것만 해도 천만다행이지.'

비록 편법(도둑질)을 이용해 회수했지만 어차피 그 사용 목적도 모를 테니 미안함을 떠나 전영과의 인연은 그것으로 충분하다고 보는 베이만이었다.

"그렇다고 너무 대놓고 포기하거나 비관적으로 생각하지

는 마라."

율란이 어깨를 으쓱하며 베이만에게 말했다.

"우리가 지금 이 자리에 있는 것 자체도 어떻게 보면 비현실을 현실로 이룬 결과니까."

이 또한 맞는 말이다. 누가 그 급박한 시점에 너무나 적절하게도 스승님이 무한 차원 중 원하는 차원을 콕 찍어 오가는 방법을 알아내실 줄 알았겠는가.

'짜식.'

프로첸은 자기가 하고 싶었던 말을 대신한 율란을 대견스럽게 바라보며 말했다.

"아무튼 아직 시간은 있으니까 우선 그것부터 확실히 짚고 넘어가자고. 만약 내 가설이 맞는다면……."

"맞는다면?"

"침묵해야지."

"알려주지 않겠다는 거야?"

베이만의 예상 밖이라는 표정에 프로첸이 고개를 끄덕였다.

"그럴 수밖에 없잖아."

"왜?"

"뭐가 왜야? 운 좋게 내 가설이 들어맞아도 어차피 완벽한 자각을 이루지 못한 상황에선, 지금처럼 루인의 힘을 못 쓰는 것은 마찬가지잖아. 그런 상황에 지 부모형제를 죽인 놈을 가르쳐 주면 그 녀석이 가만히 있겠어?"

"부모의 원수와는 절대 같은 하늘을 이고 살 수 없지."

율란의 대답에 프로첸이 턱 끝을 까닥이며 말했다.

"그럼 어쩌겠어?"

"눈썹이 휘날리도록 쳐들어가겠지."

"상대가 누군지는 아까 말했으니 결과도 쉽게 상상할 수 있겠네?"

프로첸의 시선에 율란과 베이만이 동시에 말했다.

"개죽음."

"그래, 개죽음이지. 그럴 수밖에 없게도 오늘 그놈을 보고 확실히 느꼈다. 그 인간……."

프로첸의 시선이 베이만을 마주했다.

"너보다 한 수, 아니, 적어도 반 수는 확실히 위야."

지끈!

베이만의 이마에 굵은 골이 파였다. 본인 딴엔 제국 칠대 강자에 속해 있다는 자부심, 터무니없이 강한 루인을 제외, 그 누구에게도 지지 않는다는 자존심에 상처를 받은 것이다.

그러나 문제 삼지는 않았다. 프로첸의 안목을 잘 알기 때문이다.

"내 말은 그놈 하나만 그렇다는 거야."

안목 좋은 프로첸이 말을 이었다.

"그놈 밑으로 셀 수도 없는 부하들, 무엇보다……."

"그 여자를 말하려는 거지?"

"그래."

율란을 바라보며 고개를 끄덕이는 프로첸이었고, 의미심장한 표정을 지었다.

"이건 순전히 내 개인적인 예상이지만 그 여자… 제 아비보다 더 강할 것 같아."

"……!"

베이만의 놀란 얼굴에 프로첸이 씁쓸한 미소를 지으며 확정적으로 말했다.

"최소 동급은 될 거다."

그것만 해도 기가 죽기는 마찬가지였다.

"휴우~ 그런 부녀에 제대로 된 부하 몇 놈만 있으면 작은 공국 하나는 그대로 뒤집어엎겠는데?"

설마 그러겠는가만 그만큼 대단한 전력임에는 틀림없었다.

결국 프로첸의 일차 의견에 반대할 명분이 완전히 사라지자 율란이 두 손을 꼭 쥐며 말했다.

"만약 그 녀석과 루인의 혼이 합쳐지지 않았다면?"

어려운 질문인 듯.

프로첸의 입이 쉽사리 열리지 않았다.

"말해줄 거야?"

율란의 채근에 프로첸은 잠시 더 고민한 뒤 고개를 내저었
다.

"그랬다간 너한테 죽겠지?"

"왜 죽어?"

베이만이 끼어들자 프로첸이 안쓰러운 눈길로 말했다.

"마음에 품은 여자를 너 같으면 사지로 보내고 싶겠냐?"

"마음에 품은? 아아……!"

베이만은 반문을 하려다 말고 무슨 말인지 알겠다는 듯 고
개를 끄덕였다.

"가만?"

그러다 문득 어이없다는 표정을 지었다.

"이렇게 되면 뭐야? 결국 둘 다 아니잖아?"

기껏 두 가지 의견 방향을 제시해 놓고 그 조율의 가부가
동일하게 나오니 그러했다. 생각해 보니 조율을 떠나 이미 나
와 있는 결론이기도 했다.

"…그러게."

프로첸의 얼굴에도 괜히 허둥댔다는 쑥스러움이 묻어 나
왔다.

그가 곧 자리를 털고 일어서며 앉아 있는 두 사람에게 다짐
하듯 말했다.

"뭐, 아무튼 현재로선 두 가지 답 모두 '아니다'로 나왔으
니 그렇게 알아둬. 난 최대한 빨리 그 녀석을 만나볼 테니까."

"만나서?"

"알아봐야지."

"방법은 있고?"

"그것도 이제부터 차근차근 찾아봐야지. 그리고……."

프로첸이 방문을 열며 말을 이었다.

"지금까지는 서로 외면하고 있는 문제였지만, 너희들, 혹시라도 우리만 이곳으로 왔다고 생각하는 건 아니겠지?"

"……!"

율란과 베이만의 얼굴이 동시에 굳어지자 프로첸이 문지방을 넘어서며 확인하듯 말했다.

"언제나 생각하고 한순간도 긴장을 늦추지 마라. 루인을 제외, 우린 우리보다 강한 적을 피해 이곳으로 왔다는 것을. 그런 우리를 쫓아 그놈들… 다크……."

"됐어."

프로첸의 말을 중도에 자르는 율란.

그가 주먹을 불끈 쥐며 말했다.

"네 말대로 그 가능성을 배제할 정도로 나나 베이만이 순진하진 않으니까. 그리고 '기억' 처럼 '빛' 도 절.대. 우리가 먼저 찾을 거야."

"제국을 위해."

"…우리가 살던 세계를 위해."

마당을 지나치는 프로첸의 마지막 말에 율란과 베이만의

눈빛이 굳은 결의를 담고 교차됐다.

*　　　*　　　*

　마차에서 내려 정무련의 정문 앞에 선 종리혜의 고개가 좌우로 한번 슥 돌아갔다.

　"좀… 큰가?"

　남도맹과의 건물 견적 비교에 그것뿐 별다른 말이 없는 그녀였고, 뒤쪽에 서 있는 전영의 고개가 절로 끄덕여졌다.

　'확실히 큰물에서 자라다 보니 보는 눈도 큰 건가?

　삶의 질적 차이가 이런 데서 느껴진다.

　전호연이 수위무사에게 호패를 보여준 뒤 전영에게 다가왔다.

　"어르신 모시고 따라와. 아, 네가 엄청 귀여워해 주는 저기, 저 새로 생긴 여동생도 같이."

　"누누이 말하지만 너 그럴 때마다……."

　"질투로 보인다고?"

　끄덕.

　"여기서 맞을래?"

　"혜 매, 가자."

　종리혜를 부르며 주벽세의 마차로 몸을 돌리는 전영이었다.

한편, 삼 일 연속된 헛걸음으로 제건각을 나서는 프로첸의
얼굴엔 불만이 가득했다.

"거참, 어떻게 아무도 모를 수가 있는 거지?"

같이 근무하는 건 맞는데 전영의 원행에 대한 이유나 목적
에 대해선 다들 모른단다. 딱히 전영의 부재에 신경 쓰는 눈
치들도 아니었다.

태연자약.

가출한 자식, 배고프면 어련히 기어들어 오겠지 하는 인상
마저 풍겼다.

"참나, 그렇다고 꼬치꼬치 캐물을 수도 없고……."

답답한 마음에 가슴을 쭉 펴는 프로첸이었고.

"…어?"

뭔가를 발견했는지 시선을 한쪽으로 고정시켰다.

어슬렁어슬렁 걸어오는 인물이 보인다. 주옥영의 처소를
들렀다 오는 길인 전영이었다.

"어? 프 형님이 여긴 웬일이세요?"

"어디 갔었던 거야!"

기다림의 시간이 너무 초조했던 걸까.

난데없이 소리를 지르는 프로첸이었고, 영문을 모르니 화
들짝 놀라는 전영이었다.

"왜, 왜 그러세요?"

전영의 벙찐 얼굴에 프로첸은 급히 한 손을 휘저었다.

"아, 아니, 내 말은 그러니까……."

"아, 맞다. 그러고 보니 교육이 끝났겠군요?"

전영의 적절한 말 자름에 프로첸은 헛기침을 하며 고개를 끄덕였다.

"큼, 그렇게 됐네."

"하하, 정말 축하드립니다. 그럼 이제부터 연이랑 같이 근무하시겠네요? 그 녀석도 조금 전에 복귀 신고 한다고 그쪽으로 갔는데."

"음, 그런가? 듣기로는 비밀 임무에 투입되었던데, 자네와 같이 있었던 건가?"

프로첸의 의문에 전영이 곤혹스런 표정을 지었다.

"사실 그게……."

"말하기 곤란하면 굳이 밝힐 필요는 없고."

"죄송합니다."

"아니야. 들어봐야 나하고 상관없으면 굳이 궁금해할 필요가 없지."

프로첸의 괘념치 않는다는 표현에 전영은 어색하게 웃으며 화제를 바꿨다.

"율란은 잘 지내나요?"

"그 녀석이야 잘 지내지. 그래도 언제 한번 동생 분하고 함께 찾아봐 주게. 이곳에서 그리 멀지도 않으니."

“당연히 그래야지요. 그리고 제 처소는 제건각 뒤편에 있습니다.”

“안 그래도 어제 찾아가 봤네. 한데 자네…….”

프로첸의 눈에 기이함이 감돌자 전영이 어깨를 으쓱거렸다.

“왜요?”

“응? 아, 아닐세. 들어가 봐야지?”

“예. 실컷 놀았으니 이제 일터로 복귀해야지요.”

제건각 편액을 바라보는 전영이었고 그의 표정이 금세 시무룩해졌다. 주경야독의 생활로 다시 돌아가는 것이 반가울 리 없음이다.

그와 달리 프로첸의 표정은 밝았다. 비록 삼 일을 소비했지만 이렇게 얼굴을 봤으니 한시름 놓은 것이다.

그가 가벼운 마음으로 전영의 어깨를 툭 치며 말했다.

“어서 들어가 보게, 나도 이만 가봐야겠으니.”

“예. 그럼 먼저 가보겠습니다. 아참참, 앞으로는 자주 찾아뵐게요.”

“암, 그래야지.”

본인이 원하지 않아도 그럴 작정이다.

‘루인=전영’ 에 관한 ‘관찰 일지’ 를 계속 써야 하니까.

전영이 제건각 안으로 사라지자 프로첸도 천천히 걸음을 옮기며 중얼거렸다.

“키가 조금 큰 건가?”

보통 저 나이면 성장이 끝난 시기다.

“그래도…….”

프로첸은 순간이나마 전영에게서 이전과 다른 변화를 느꼈다.

보이지는 않는데 뭔가 다른.

뭔가 딱 꼬집어 말하긴 애매한 무엇.

그뿐이었다.

연기처럼 기이한 느낌은 순식간에 사라졌고, 그 일장춘몽 같은 기이함의 원인을 프로첸은 절대 찾을 수도 짐작할 수도 없을 터였다.

종리세가에서 가졌던 전영의 자숙 기간 내내 전호연의 쫑알거림의 위력임을.

“감춰. 희미한 흔적마저도 싹 지우고 다녀.”

그렇게 말하고 나서 전호연은 달리 기운을 갈무리하는 방법을 알려줄 필요도 없었다.

전영이 배고프면 밥을 먹듯 자연스럽게 희미한 기운마저 갈무리해 버렸기 때문이다. 그것도 칠사에 버금가는 초절정 고수의 이목마저 속일 정도로 완벽하게 흔적을 지워 버렸다.

“허허… 정말 신기하군, 신기해. 내 살다 살다, 이런 경우는 또 처음일세그려. 허허.”

종리장준이 그렇게 말했다. 지금의 전영에게선 그 어떤 내공의 흔적도 찾아볼 수 없다고 했다. 이 또한 기사라 하며 마주한 자리, 내관을 통한 미련을 떨기까지 했으나 역시나였다. 전영에게선 기본적으로 사람이 타고난 선천의 기운만이 느껴질 뿐이었다.

그러니 애초 프로첸이 전영의 변화를 감지하기에는 요원한 일일 수밖에 없었다.

“훗, 너무 간만에 봐서 그런 거겠지.”

프로첸은 허탈한 웃음을 짓고는 다시 중얼거렸다.

“이제부터 중요한 건 내 가설을 어떻게 알아보고 증명하느냐 하는 건데…….”

그러자면 우선 전영에게서 루인의 절대력, 제국에서 오직 루인만이 사용하는 절대의 힘에서 파생되는 그만의 이질감을 느껴야 했다.

그러나 방금 전에도 봤듯이 전영의 몸에서는 루인의 이질감이 전혀 느껴지지 않았다.

그래서 프로첸은 생각했다. 전영은 여전히 과거 본인의 폭주 기억은 물론 자각의 기미도 보이지 않는다고.

그로 인해 프로첸 본인 역시도 과기에 만들어진 자신의

‘관념 지배’ 하에서 벗어나지 못하고 있음을 자각하지 못했다.

언제든 보여달라고 하면 보여줄 수 있는 것을 ‘에이, 기억도 못하는데 무슨 수로 능력을 발현시키겠어’ 하고 치부해 버리는 지레짐작이 바로 그것이다.

“하긴, 막상 기억을 되찾아서 능력을 보여준다고 해도 그건 그것대로 문젠가?”

본인이 각성을 못하면 그 또한 문제다. 자신들에게 필요한 것은 전영의 몸만 가진 루인이지 루인의 능력만 가진 전영이 아니기 때문이다.

그건 자신들이 이곳에서 해야 할 이차 임무의 ‘목적’과 그 뒤에 행할 ‘의무’를 본인 스스로가 이해하느냐 못하느냐 하는 아주 중요한 문제였다.

“타아! 난 설득할 자신 없다, 루인.”

프로첸은 하늘을 올려다보며 사뭇 간절한 목소리로 말했다.

“그러니 제발 부탁이다. 이왕 내 가설이 맞는다면 너로서 각성해라, 괜히 형님들 복잡하게 만들지 말고.”

간절한 희망에 애틋한 소망까지 얹어 높이, 높이 하늘로 올려 보내는 프로첸이었다.

하지만 세상사 내 맘대로만 흘러가면 무슨 재미겠는가.

프로첸은 우선 당면한 문제부터 걱정해야 될 팔자였다.

“예? 훈련이요?”

프로첸은 대원 대기실에 들어서자마자 직속상관인 칠(七)대주 조유붕에게서 뜻하지 않은 명령을 들었다.

그의 놀란 표정에 조유붕은 담담하게 말했다.

“이 년에 한 번씩 있는 오전오단, 각 부의 정기 훈련을 말함일세. 독화전 다음이 우리 차례이고, 이틀 후 출발 예정일세.”

쿠쿵―!

마른하늘에 날벼락이라고, 갑자기 웬 훈련에 또 이동은 뭐란 말인가!

“여, 여기서 하는 게 아닙니까?”

“검무전의 정기 훈련은 항상 섬서지부에서 행해지네.”

두둥―!

이번엔 어디서 북소리가 들리는지 귀가 멍해지는 프로첸이었다. 어렵사리 여기까지 와서 전영을 관찰하려던 그의 계획이 초장부터 암초를 만나는 순간이었다.

“어, 얼마나 걸립니까?”

“훈련 기간 말인가?”

“예.”

“이 개월로 정해져 있네.”

두둥―!

아까 그 북소린가 보다. 세상일이 내 뜻대로만 돌아갈 리가 없지 않느냐는 꾸중 소리 같기도 했다.

털썩.

힘없이 대기실 의자에 기대앉는 프로첸의 어깨가 한없이 축 처졌다.

‘망할 훈련 때문에 백 일을 소비한 끝에 간신히 다시 만났는데, 또 두 달을 못 만나게 되다니…….’

전영이 여자였다면 기가 막힌 연애소설이요, 비극의 남자 주인공이 됐을 프로첸이다.

터벅.

마침 전호연이 그의 앞을 지나갔으나 프로첸의 고개가 숙여져 있어 서로를 알아보지 못하는 두 사람이기도 했다.

＊　　　＊　　　＊

“남매가 돌아왔습니다.”

“……!”

어제 련에 도착한 ‘진짜’ 아들의 보고에 책장을 넘기던 고승경의 손이 미미하게 떨렸다.

오늘 아침 ‘그’는 련을 나선 상태지만 찾으려면 금방 찾을 수 있었다. 그 선택의 기로에 선 고승경이었다.

“알려야 되지 않겠습니까?”

“…….”

고승경은 아들의 선택에 묵묵부답. 한참을 침묵으로 일관한 뒤 무겁게 입을 열었다.

“불가(不可).”

알리지 않는다.

예전이었다면 상상도 못할 선택이었다.

고명도의 눈동자가 흔들렸다.

“아버님…….”

“안다, 네가 무엇을 걱정하는지.”

“그런데 왜 알리지 않겠다는 말씀이십니까?”

고명도의 음성에 숨길 수 없는 긴장감이 묻어 나온다.

하기 싫은데, 기억하길 원하지 않는데 기억나는 것이다.

새벽.

그와의 첫 만남을.

인간의 형상을 한 악마를.

붉은 적안 뒤로 무간(無間)의 암흑뿐이었다.

상상을 초월하는 나락[阿鼻]의 공포가 그곳에 있었다.

그가 자신을 향해 웃고 있었다.

각인(刻印).

고명도의 뇌리에 각인된 그 공포가 아버지의 선택을 돌려놓으라고 강요하고 있었다.

“재고해 주십시오.”

“이미 불가라 했다.”

“이유가 무엇입니까?”

공포가 격앙을 불러일으킨다.

그러나 요지부동.

“더 이상 그와의 연계는 없을 것이다.”

“……?”

아들의 의구심에 고승경의 입에서 뜻하지 않은 고백이 흘러나왔다.

“…항상 불안했다. 벼랑 끝에 선 나날들이었지. 추락하는 순간 모든 것을 잃게 될까 봐 한시도 맘 편히 지낸 적이 없다. 그러나 난 견뎌냈다. 그리고 얻었지. 최강의 힘을 지닌 대붕의 날개를.”

“그렇습니다. 그가 얻게 해주지 않았습니까?”

“그렇지. 그가 얻게 해주었지……. 하나!”

고승경의 눈동자가 번쩍였다.

의지(依支).

공포를 억누르는 기세가 담겨 있었다.

“그는 대붕의 날개에 씻을 수 없는 상처와 치욕을 남겼다.”

“그게… 무슨……?”

“아비의 결정에 이유를 물었느냐?”

“…….”

“말해주마, 그 악마가 나의 딸에게, 너의 동생에게 어떤 짓을 했는지.”

그때 왜 말하지 못했는가.

왜 그때 거부하지 못했는가.

아까웠다. 지금껏 참아내고 이룬 것과 앞으로 이룰 영광이 너무도 아까웠다.

그것을 지금 이 순간 뒤늦게 후회하는 고승경이다.

그러나 본인만은 알고 있었다.

지금의 후회가 진심이 아님을.

딸에 대한 아비의 죄책감을 이렇게라도 덜어보려는 이기심의 발로임을. 이렇게라도 자신의 자존심에 상처를 준 그에게 최소한의 복수를 하려는 발악임을.

고승경의 얘기를 들은 고명도에게도 오라비로서의 당연한 분노는 없어 보였다.

“저… 정말 그자가 지아(兒)에게 그런 짓을 했단 말입니까?”

고명도의 목소리에는 믿기 싫은 기색이 역력할 뿐이었다.

회피(回避).

지금의 분노보다 각인된 공포가 더 크다는 반증이었다.

고승경이 말했다.

“잊어라. 그가 말했다. 더 이상의 관계는 없을 것이라고. 그러니 이제부터 우리는 나아가기만 하면 된다. 상처는 아물

테고 치욕은 잊으면 그만인 것이다.”

“그, 그래도 혹여 그가 알기라도 한다면…….”

“그런 일은 없을 것이다.”

“……?”

“오늘 너는 그 남매를 보았느냐?”

“……?”

“수하에게 보고를 받았느냐?”

연속된 질문. 바보가 아님에야 그 이유를 모를 수 없었다.

“…받지 못했습니다.”

“그래, 그러면 되었다. 그렇게 만들면 되는 것이다.”

타협(妥協).

그 안에 보고의 임무에 충실한 수하의 비명횡사가 포함되었다.

*　　　*　　　*

시간의 흐름은 모두에게 동일하다 했던가.

전영에게는 그렇지 않았다. 그에게 흐른 지난 반년의 시간은 두 달 단위로 쪼개져 있었다.

그 첫째로 정무련에 들어온 지 두 달 만에 종리세가로 향했다.

둘째로 다시 련으로 돌아오기까지 종리세가에서 머문 기간을 들 수 있었다.

그리고 두 달이 지난 지금, 신년(新年)을 며칠 앞두고 다시 종리세가로 가게 되었다.

이만하면 두 달 단위 인생을 산다고 봐도 무리가 없었고, 전과 다른 점이 있다면 이번엔 혼자라는 점. 전호연이 훈련으로 섬서에 가 있기에 동행할 수 없다는 것이었다.

"걱정되나요?"

언제 들어도 정겨운 목소리.

전영은 '말을 놓아주면 더 편할 텐데' 라고 생각을 하며 고개를 저었다.

"저보다는 그 녀석이 더 걱정일 텐데요 뭘. 아마 저 혼자 떠나는 것을 안다면 혹여 못난 오라비가 무슨 사고나 치지 않을까 걱정되어 남은 훈련 기간 내내 제대로 잠도 못 잘 겁니다. 하하하."

전영의 넉살 좋은 웃음에 주옥영의 입가에도 고혹스런 미소가 날아들었다.

"보기 좋군요. 남매라 당연하겠지만……."

그녀가 옷소매를 매만지며 말을 이었다.

"둘 사이는 더욱 각별한 정이 느껴지는 것 같더군요."

"하하, 저희가 좀 각별하긴 하지요. 쌍둥이로 태어난 점부터 말입니다."

스륵.

전영의 말에 주옥영의 소맷자락이 살짝 접혀졌다.

"이란성 쌍둥이는 드물다고 하던데……."

그녀가 입술을 곱씹으며 말하자 전영의 고개가 끄덕여졌다.

"저도 커오면서 그런 소리는 자주 들었습니다. 하지만 가끔 그 녀석과 감정을 공유할 때면 역시 쌍둥이지 싶더군요. 그리고 말이 나와서 하는 말이지만……."

무슨 생각이 들었는지 전영은 피식거리며 말을 이었다.

"그 녀석과 제가 어릴 때는 그렇게 싸웠답니다."

"그런가요?"

"예. 먹는 것부터 해서 입는 것 등등, 뭐 하나 서로 지기 싫어서 맨날 싸우고, 오죽했으면 부모님이 아예 저희 남매 옷을 여덟 살 때까지는 같은 것으로 입혔겠습니까."

"그럼?"

"하하, 물론 남자 옷이었지요. 어머님 말씀으론 연이 그 녀석, 생긴 건 예쁘장한데 여자애가 남자 옷만 입으니 놀림도 많이 당했다고 하시더군요. 그러면서도 그 나이까지 계속 입었으니……."

"후후, 전 대원은 어릴 때부터 고집이 셌나 보군요."

전영의 한 손이 크게 휘둘러졌다.

"어휴, 말도 마십시오. 고집도 그런 황소고집이 없을 정돕니다. 세상에 둘도 없을 그 고집. 하~ 솔직히 그 때문에 걱정입니다. 그런 녀석을 과연 어느 놈이 데려갈지……. 외모에 혹해서 넙죽 받아들였다간 아마 평생을 후회할 텐데 말입니다."

전호연이 옆에 있었다면 아구창이 날아갔을 괜한 걱정을 잘도 지껄이는 전영이었다.

또한 주옥영과의 대면에선 항상 말이 많아지는 그이기도 했다. 지금도 누구에게도 해준 적이 없는 과거사가 술술 나오니 말이다.

편해서일까? 볼수록, 말을 나눌수록 마음이 풀어진다. 감히 마주하기 힘든 높은 직위와 배경을 지닌 사람임에도 따스한 물에 몸을 담근 듯 포근함을 느끼는 전영이었다.

주옥영도 항시 전영과의 자리에선 만면에 부드러운 미소가 떠나질 않았다.

가끔 알 수 없는 슬픈 표정이 스쳐 갈 때도 있었지만 대부분 그녀의 표정은 따뜻한 봄날의 연속이었다.

그렇게 즐거운 담소가 이어지고 문득 주옥영의 입가에 착잡한 미소가 어렸다.

"이쯤 해서 말을 해줘야 할 것이 있답니다."

그녀의 목소리가 진중해지자 전영이 조심스레 말했다.

"혹… 부모님에 관한 얘기십니까?"

정답. 주옥영의 눈매가 살포시 일그러졌다.

전영은 속으로 크게 숨을 들이쉬며 말했다.

"편히 말씀해 주십시오. 세이경청하겠습니다."

이제부터 주고받는 말은 담소를 나두던 것과는 무게가 다르다. 듣는 자세를 달리하는 전영이었다.

주옥영은 그런 전영을 대견스럽게 바라보며 말했다.

"복잡함은 쓸데없는 기대만 부풀린답니다."

핵심만 단순하게 말하겠다는 뜻.

그 순간 두 손을 모으는 전영이었고…….

우연이었을까?

반쯤 열린 창문 사이로 먹구름이 살짝 내비쳤다.

주옥영의 처소를 나온 전영은 곧바로 종리혜의 처소로 향했다.

모레 종리세가로 출발 예정임에 그동안 뜸했다 싶어 여정에 관한 애기도 할 겸 들른 것이다.

"은월단주님을 뵙고 오는 길인가 봐요?"

"하하, 그렇지 뭐."

어색하게 웃는 전영에게 차를 따라주는 종리혜의 아미가 살포시 좁혀졌다.

전영은 좋고 싫음이 얼굴에 그대로 드러나는 유형이기에 직감한 것이다.

전영의 부모님의 원수.

그들의 흔적이 여전히 오리무중임을.

더불어 지금 같은 기분에 섣불리 위로를 던지는 것보단 모른 체하는 것이 더 낫다는 것도 숙지한 종리혜였다.

그녀가 자신의 잔에도 차를 따르며 환하게 웃었다.

"우리, 차 마시고 죽림화원에 갈래요?"

"죽림화원?"

"네. 좋다는 말만 들었지 아직 한 번도 못 가봤거든요. 누가 한번은 데려다 줄 줄 알았는데, 피이."

입술을 삐죽이는 종리혜였다. 가히 장족의 발전. 형제들은 아직도 모르고 본인도 얼마 전에야 알았다. 자기에게 이런 애교가 있다는 것을.

그것도 두 달 사이 얼굴을 마주한 적은 손에 꼽을 정도였던 남자에게 이렇듯 서슴없이 애교를 부릴 정도로 빠른 적응력을 발휘할 줄은 더더욱 몰랐다.

그래도 아직까지 무덤덤할 정도는 아닌지 종리혜의 양쪽 볼살이 살짝 붉어져 있었다.

그녀가 찻잔 둘레를 매만지며 다시 물었다.

"싫어요?"

"어? 아아, 싫긴."

전영이 한 박자 늦게 대답하며 찻잔에 손을 가져갔다.

"혜 매 말대로 이거 마시고 가자. 그리고… 미안해."

"뭐가요?"

“벌써 데려다 줬어야 하는데 말이야.”

“핏, 됐네요.”

애교의 발전에 이어 눈을 곱게 흘기는 방법도 터득한 종리혜였다.

그 모습에 전영이 씩 웃으며 말했다.

“햐~ 겨울 대나무 숲이라…….”

“종리세가의 도움으로 대륙 전역, 광범위한 추적을 하게 됐지만… 아직 아무런 흔적도 찾지 못했어요.”

멋지겠지?

“그래도 조만간 흔적을 꼭 찾아낼 테니 아무 걱정 말고 다녀오도록 해요.”

가슴이 탁 트이겠지?

“가자.”

지금의 무거운 마음을 확 날려 버려야지.

네엣 다음은 다섯

서재 내부로는 고풍스런 장식이 주인의 고상한 성격을 대변하고 있었다.

그 중심에 다탁을 사이에 둔 인물의 차림새 또한 화려함과 귀족풍을 동시에 살린, 비단결이 매끄러운 청삼 일색이었다.

외모 역시 이제 불혹을 넘긴 듯, 소싯적엔 남중일색(男中一色)의 수려함을 뽐냈을 터.

세월의 흔적에 선이 깊어짐에 선풍의 기운마저 감돌고 있었다.

"흐음."

그의 입에서 껄끄러운 한숨이 흘러나왔다.

손에 들린 문서. 그 안에 적힌 안건을 결정해야 하는 상황
이 맘에 들지 않음이다.

그때,

"중용을 지킨다는 것이 그만큼 힘든 일이다."

노인의 음성.

끊길 듯 끊이지 않는 유장함 속에 거부할 수 없는 힘이 느
껴진다.

모든 걸 떠나 분명 방 안에는 주인 한 사람뿐이었다.

그런데 지금은 둘이 되어 있다.

처음부터 거기 있었던 것처럼 불혹의 인물 맞은편에는 금
색의 장포를 걸친 인물이 앉아 있었다.

선풍도골(仙風道骨).

두 사람의 사이에는 대략 십 년의 간격을 둔 외견의 닮음이
있었다.

하나 깊이가 다르다.

지천명(知天命:50)의 인물에게선 보이는 외견과 달리 유구
한 세월의 권태로움이 묻어 나왔다.

"언제 오셨습니까?"

놀람은 없었다.

불혹의 인물의 목소리에는 익숙함만이 자욱했다.

본인이 기척을 못 느낄 정도라면 자신이 아는 한 오직 한
사람뿐이기 때문이다.

장제(掌帝).

만병(萬兵)의 무용을 두 주먹으로 증명한 이 시대의 초월자.

육천무제의 일인으로, 지금의 사도맹을 사분천하에 포함시킨 장본인.

눈앞에 그가 있다.

현 사도맹주인 사인회의 조부(祖父)이기도 했다.

"보시겠습니까?"

사인회가 들고 있던 문서를 앞으로 내밀었다.

스륵.

손에서 빠져나가는 문서.

허공을 격해 장제 사인광의 눈앞에서 펼쳐진다.

그의 두 팔은 무릎에 놓여 있었다.

허공섭물.

내공으로 문서를 공중에 띄운 채 읽는다.

쉬이 볼 수 없는 신기.

그럼에도 사인회의 곧은 입술은 하강 곡선을 그리고 있었다.

'그냥 탁자에 놓고 읽으셔도 될 것을……'

항상 저러신다.

무(武)를 익혀 무(武)를 뽐낸다.

조부님의 철학이요, 인세에 보기 드문 강함을 손에 쥐셨기에 가능한 당신의 무에 대한 자부심이기도 했다.

부러운 반면, 아는 사람들 앞에서는 이제 그만 좀 뽐냈으면 싶은 자만심으로도 비춰진다.

그가 서신으로 가려진 사인광의 안면을 향해 입을 열었다.

"이번엔 왕 소부(少府:국가의 전매품 소금, 철 등등을 담당하는 관직)가 직접 나선 모양입니다."

"끌끌, 또 그놈이로구나."

혀를 차는 사인광.

"대가리에 기름만 잔뜩 낀 놈 같으니."

그의 목소리에선 보이는 외견의 중후함과는 사뭇 거리가 먼 가벼움이 느껴진다.

"신년만 되면 정례 행사처럼 한 번씩 엎겠다고 지랄이로구나. 쯧쯧."

경박스러움도 내포되어 있었다.

"일 년이 지났으니 다시 채워달라는 것이겠지요."

사인회는 조부의 명성에 어울리지 않는 성품을 태어날 때부터 알았던지라 별 상관 없이 말을 이었다.

"본인이 직접 나서는 것을 보니 예년에 비해 뒷주머니를 넉넉히 키워놓은 듯합니다."

"돈벼락에 맞아 죽을 잡놈 같으니."

사인광의 안광에 한순간 살기가 스쳐 갔다.

"이참에……."

“안 됩니다.”

한두 번이 아니다. 표정만 봐도 이제 사인광이 무슨 말을 할지 알고 있는 사인회였다.

그의 단호한 만류에 사인광이 아쉬운 입맛을 다셨다.

“쩝. 누가 뭐라더냐? 이 할애빈 그저 나라 밥 좀 줄여볼까 해서…….”

“절대 안 됩니다. 아무리 조부님이시라도 관부의 인물에게 직접 위해를 가하는 일은…….”

“아아, 알았으니 눈깔에 힘 좀 풀거라. 원, 지 아비 닮아가지고 눈깔에 힘주는 버릇은. 크음.”

사인광은 못마땅한 표정으로 자리에서 일어났다.

툭.

그때까지 허공에 떠 있던 문서가 사인회 앞으로 떨어졌다.

“출타하시는 길에 들르신 겁니까?”

사인회가 급히 따라 일어서자 사인광의 입술이 씰룩였다.

“네놈 보약 좀 먹여볼까 하고 나서는 길이다.”

“예? 보약이라니요?”

“근자에 들어 강호에 재밌는 놈이 나타났다지?”

“……?”

선뜻 감이 안 오는 사인회였다. 갑자기 보약은 뭐고 재밌는 놈이란 강호에 어디 한둘인가 말이다.

“쯧쯧, 천하의 사도맹주라는 놈이 저렇게 정보에 둔해서야.”

“……!”

사인광의 득달같은 핀잔에 사인회의 눈동자가 일순 멍해졌다.

그도 그럴 것이, 사인회, 그가 누군가.

천하에 그 소속 인원수로만 따지면 최대 파벌의 수장이다. 응집력에서만 다른 삼대세력에 미치지 못할 뿐, 힘이면 힘, 자금력에서는 이미 천하제일이다.

공공연히 나도는 소문 중 사도맹의 자금력이 자금성을 압도한다는 말이 절대 허언이 아님을 그 누구보다 잘 아는 그였다.

그뿐인가?

단일 집단의 정보력으론 개방과 함께 천하제일을 다투는 하오문이 사도맹에 속해 있다.

대륙의 오대표국 중 세 곳의 지분도 사도맹에 대표로 등록되어 있다. 그렇지 않은 두 곳도 소액이나마 채권을 발행, 그들이 안 팔아서 그렇지 언제든 매입할 만반의 준비 태세가 항시 갖춰져 있다.

이 말은 즉, 중원천지 그 어디에도 사도맹의 이목이 미치지 못하는 곳이 없다는 말과도 같았다.

그런 곳의 수장에게 정보가 둔하다니!

‘끄응!’

사인회는 갑자기 뒷목 언저리가 뻐근해져 옴을 느꼈고 그러거나 말거나 사인광의 핀잔은 쭉 이어졌다.

"쯧쯧, 밑에 놈들이 멍청하니 윗대가리라고 별수있나. 이 놈아, 근자에 들어 강호에서 재밌는 놈이란 누가 있겠느냐?"

'아, 글쎄, 한둘이냐고요!'

"얼마 전에 죽었다고 들었다."

"……?"

"장홍 그 아이 말이다."

"……!"

사인회의 표정이 모를 리 없다는 듯 굳어졌다.

'장홍이면 철갑패사를 말함이 아니신가!'

맹의 포섭 인물 일순위.

그러나 돈에 흔들리지 않았다.

만인지상의 권력이라도 별수없었다.

자유(自由).

세상을 내 뜻대로.

독보(獨步).

거칠 것 없이 살아가는 남자.

그가 죽었다. 소문이 아닌 사실이다.

그렇다면.

"스스로……."

듣고 보는 이는 없어도 소문은 돌기 마련.

“사도라 칭하는 자를 말씀하시는 것입니까?”

“끌, 이건 밥 수저를 입에 넣어줘야 목구멍으로 넘기는 격이니. 어쨌든 장홍 그 아이를 죽일 실력이면 운대가 받쳐 주었든, 아니든 제법 한 수 하는 놈이 틀림없겠지.”

당연한 말.

칠사의 초절정고수에게 운으로 이겼다는 소리는 쉽게 말해, 길 가다 넘어지니 눈앞에 황금 덩어리가 떨어진 격. 누가 볼까 잽싸게 가슴속에 넣고 일어서니, 때마침 지나가던 처녀 치마 속에 머리통을 들이민 꼴이라. 거기에 하필이면 그날따라 처녀께서 속속곳을…….

한마디로 불가능에 가깝단 뜻.

사인광이 말했다.

“그래서 그놈 잡으러 가는 길이다. 네놈 몸보신도 시킬 겸, 이곳의 고질병에도 그만한 특효약은 당분간 없을 듯해서 말이다.”

풀어보자면 인재를 구하러 간다는 소리였다.

“그런 말씀이셨군요.”

빙빙 돌려서 말한 것은 불만이지만 사인회로서는 그 정도의 고수를 데려온다는 데 반대할 이유가 전혀 없었다.

‘조부님 말씀대로 맹의 고질병에는 그만한 특효약이 없지.’

사분천하의 타 단체에 비해 사도맹이 절대적으로 부족한

한 가지.

그건 바로 고수들의 수에 있어 절반에도 못 미친다는 것이었다.

초절정고수의 수도 예외가 없었다.

눈앞의 조부님을 제외, 이십사절에 속한 무인은 자신을 포함, 맹의 전반적인 관리 책임자인 총사와 맹의 무력을 담당하는 두 명의 무신장 중 한 명이 전부였다.

그 외에는 열에 하나 꼴로 절정, 나머지 아홉은 일류.

조직의 힘이란 원래 삼각형 구도라지만 이건 밑변의 길이가 넓어도 너무 넓었다.

이런 와중에 포섭하길 거의 포기했던 철갑패사를 쓰러뜨린 사도의 영입이라면, 이건 맹에 있어 단비 정도가 아닌 설탕가루 퐁퐁 섞어 넣은 소나기와 같았다.

물론 그 역시 철갑패사와 같이 돈과 권력에 무신경할 수도 있겠지만.

'어디 그게 말처럼 쉬운가.'

게다가 육천무제의 일인이 직접 권유를 하는 모양새까지 갖춰진다면 그 영광.

'무인의 명예욕은 삶의 본능보다 강하다 했다.'

한순간에 강호 최고의 명예를 얻는 것이나 진배없는 효과를 볼 수 있음이다.

"지금 즉시 사도의 위치를 알아오겠습니다."

“끌, 그놈 참.”

사인회의 안달난 음성에 사인광이 한 손을 휘휘 저었다.

“이 할애비가 그것조차 파악 못하고 다 늙어 허리가 쑤시는 몸뚱이를 놀리려 하겠느냐? 그건 됐으니…….”

“여비는 걱정 마십시오. 금황전에 바로 연락을 해두겠습니다.”

“녀석.”

맘에 드는 답변인지 사인광의 입가에 흡족한 미소가 걸렸다. 아무리 초대 맹주라 하여도 지금은 현역을 물러난 상태.

‘부담없이 펑펑 쓰려면…….’

현 맹주의 허락이 필요함은 예의였다.

“커험! 그럼 나, 나갔다 오마.”

사인광은 어디 나들이라도 가는 양 한적한 걸음으로 방문을 넘어섰다.

그런 뒤 마당에 내려서서 한참을 가다가 문득 하늘을 올려다보며 말했다.

“온 김에 묻는다만 아직 찾지 못했느냐?”

“……?!”

사인회의 눈가에 의구심이 스쳐 가자마자 사라졌다.

그가 사인광의 등 뒤로 다가서며 말했다.

“만나셨다는 지역의 무파는 모든 뒤져 보았으나 그런 인물은 찾지 못했습니다.”

“그럼 낭인일 수도 있겠구나.”

“그 또한 알아보았으나 그런 검술을 쓰는 이도 없고, 그 정도의 실력을 가진 이도 없었습니다.”

덧붙여 지난 이 년간 대륙에 산재한 거의 모든 무파에 하오문도들이 알게 모르게 들락거렸다.

그런데도 발견하지 못했다.

이런 경우 한 가지밖에 없었다.

“아무래도……”

“아니야. 구파와 칠대세가에는 내 이미 말한 대로 그런 검술이 없어. 분명 처음 보는 검식이었다.”

“그렇다면 세외 쪽으로 눈을 돌려보는 것이……”

“흠, 그럴 수도 있겠지. 하지만……”

뭔가 기억이 났는지 사인광의 표정에 씁쓸한 기색이 젖어들었다.

“내가 본 그 녀석의 생김새는 분명 중원인이었다. 말투나 토시도 그러했고. 뭐, 다짜고짜 덤비는 와중에 못 알아들을 말도 간혹 섞였다만 제 딴엔 안 되겠다 싶으니까 기합을 주는 괴성이었을지도 모르지.”

강(强)을 위주로 한 검술.

술(術)의 다변화는 부족했다.

단순 비교로 따져 보면 이번에 죽은 장홍에 반 수 아래 정도였다. 그것만 해도 능히 십이성의 한자리는 차지할 만한 실력임에 분명했다.

그런 실력을 가진 무인을 이 년 동안 찾지 못했다 함은 필시 여느 단체에 적(籍)을 둔 무인은 아닐 가능성이 크다고 봐야 했다.

낭인은 아니라 했으니…….

"심산유곡에 은거한 숨은 고수의 제자일지도. 그런 경우 일인전승일 확률이 높지."

"배제할 수 없는 경우라 봅니다."

"허, 그렇다면 더욱 아까운 일인지고."

누구보다 맹의 고질병에 걱정이 많은 사인광이다.

그래서 더욱 아쉽다. 충분히 전력에 보탬이 될 만한 놈을 들쳐 업고 오기 귀찮다는 이유로 내팽개친 것이.

"하여간 계속 수소문해 보도록 해라."

"알겠습니다."

"그리고 맹에 산적 출신 놈들 많지?"

"예……?"

"그놈들에게 일러 산이고 들이고 죄다 뒤져 보라고도 해라."

"…예."

사인회의 대답이 떨떠름하다. 지금의 사도맹에서 금지어로 정한 사인광의 단어 표현 때문이었다.

자고로 대의를 주장하는 정도인이 있다면 소의를 주장하

는 사도인도 있기 마련.

그런 이들 중 치졸, 떼거리, 얍삽의 대표 격인 산적, 수적, 갱적 등등이 모여 만든 곳이 바로 사도맹이다.

부인할 수 없는 사실이요, 그런 만큼 절치부심 자신들을 향한 사람들의 선입견을 변모시키기 위해 지난 시간 얼마나 노력을 기울였던가.

그 각고의 노력 끝에 지금의 사도맹을 바라보는 사람들의 시각은 대략 이러했다.

착한 산지기.

양민들의 동반자.

천인들의 영원한 동반자들이 모인 하늘.

그런데 이제 와 맹 내에서 엄연히 금지어로 지정된 '산적'을 들먹이시다니.

조부의 무심한 표현력에 사인회는 야속함을 느낄 수밖에 없었다.

"아차차차!"

그런 사인회의 야속함을 전달받을 생각 없이 사인광은 자신의 이마를 툭툭 쳤다.

"왜 그러십니까?"

"깜박할 뻔했구나."

"……?"

"동굴이나 섬에 살 수도 있는 것을. 당장 갱적, 수적 출신 놈들에게도 일러두거라.”

그 말을 끝으로 유유히 걸음을 옮기는 사인광이었고.

부르르르.

확실히 겨울이런가.

주먹만 부르르 떠는 사인회였다.

‘그것도 엄연히 금지어란 말입니다!’

*　　　　*　　　　*

신년 행사가 한창인 종리세가는 가문의 번창일로를 대변
시켜 주듯 초대객들로 북적이다 못해 미어터지고 있었다.

그들 모두 명문 출신 아닌 인사들이 없었다.

그에 맞춰 음식이면 음식, 서로 주고받는 선물이면 선물,
어느 하나 최고급품이 아닌 것들이 없었다. 어제 종리혜와 같
이 세가에 도착한 전영의 입에서 연신 감탄의 탄성이 줄을 잇
는 이유도 바로 그 때문이었다.

만약 다른 때처럼 전호연이 곁에 있었다면,

“촌티 내지 말고 그 입 좀 다물어!”

“…라고 한소리 했겠지.”

“우웅?”

"아, 아니에요. 다 먹었어요?"

"웅."

종리유하의 변함없는 대답에 전영은 동생에 대한 상념을 끊고 빙긋이 웃었다.

지금 그들은 정원에 마련된 야외 식탁에 나란히 앉아, 그 위로 계절에 관계없이 준비된 산해진미를 맛보고 있었다.

주위로는 어제까지 내린 하얀 눈꽃들로 인해 순백의 세상이 펼쳐져 있었다.

옛말에 눈 온 다음날은 따뜻하다고, 나들이 나온 기분을 만끽하기에 부족함이 없었다.

방금 전까지 같이 있던 종리혜는 아버지의 부름에 자리를 비운 상태. 정원엔 오직 전영과 종리유하 단둘뿐이었다.

그래서 전영은 눈치 보지 않고 맘껏 즐겼다. 억지가 아닌 스스로 앵기는 종리유하의 푹신한 포근함을.

'쩝, 어느 정도 무언(無言)의 합의도 이루어진 거니까.'

어제 전영을 보자마자 종리유하는 무작정 안겨서 울며불며 한바탕 난리를 피웠다.

반가워서, 너무 보고 싶어서 그 표현 방법을 눈물로 보인 것이다.

그녀의 행동에 가족들 모두 누구 하나 탓하지 않았다.

오히려 안도하는 눈빛을 번뜩였다.

'벗어났다!'

이젠 시도 때도 없이 전영을 찾으며 울어대는 딸과 동생의 안쓰러운 모습을 보지 않아도 된다. 다시 악화되는가 싶었던 폐쇄증도 한동안 걱정하지 않아도 된다. 더 이상 열 밤만 자고 일어나면 온다는 거짓말은 더더욱 할 필요가 없어졌다.

‘저놈이 왔으니까!’

가족들의 눈은 그렇게 말하고 있었다.

딸이자 동생인 종리유하의 가슴앓이를 속수무책 지켜만 봐야 했던 쓰린 속에서 해방됐다는 안도의 눈빛들이었다.

그러니 간혹 얼굴을 비비는 낯뜨거운 장면이 벌어져도 헛기침만 할 뿐이었다.

다 큰 어른들이 이러면 안 되는 것 아니냐는 전영의 눈짓에도 그들의 눈빛은 데면데면할 뿐이었다.

그리고 방치.

아예 전영에게 맡겨 버렸다.

둘이서 흙을 파 먹건, 의원 놀이를 하건 말건 니들끼리 알아서 하고 잠잘 때만 돌려보내라였다.

상황이 이러니 먼저 만지는 것도 아니고 자기가 붙어서 느끼게 해주는데, 전영으로선 전혀 죄책감을 느낄 필요가 없었다.

‘암, 난 아무 잘못도 없어.’

그런고로 전영은 안기면 안기는 대로 부대끼면 부대끼는

대로 종리유하의 행동에 자유를 맘껏 존중해 주었다.

"꽃 한 송이 따줄까요?"

그가 팔뚝에서 전해지는 말캉말캉함을 음미하며 종리유하를 바라봤다.

"조~기 아직 녹지 않은 눈 속에 노란색 꽃이 있는데 따줄까요?"

"응."

종리유하의 초롱초롱한 눈망울에 전영은 그녀의 두 팔에서 자유로운 오른팔을 정원의 벽 쪽으로 쭉 뻗었다.

푸스스스—

그 순간 흩날린다.

뽀얀 눈가루가 공중에 흩날리며 본연의 자기 색을 찾은 꽃 한 송이가 두둥실 허공을 격해 전영의 손 위로 내려왔다.

겨울 국화.

꽃잎이 노랗다.

중요한 것은 그것이 아니었다.

방금 전, 전영이 보여준 수법.

분명 능공섭물의 한 수가 분명했다.

거리도 족히 삼 장이 넘는 거리에서 시전되었다.

웬만한 절정고수라도 감히 흉내도 내지 못할 기예였다.

그러나 두 사람에게선 전혀 박수 소리가 나오지 않았다.

한 사람은 당연하게, 한 사람은 그게 신기한 건지 애당초 모르기 때문이었다.

"자요."

"응."

국화꽃이 손바닥에 올려지자 해맑게 웃는 종리유하.

더 예쁘다. 더 아름답다. 그래서 더욱.

"…아쉬워."

"응?"

"아니요. 예쁘다고요."

"헤에~ 예뻐."

"네. 아주 예뻐요."

꽃잎이 붉다 하여 미인의 입술에 비견될까. 구름 한 점 없는 파란 하늘이 맑다 하여 미인의 눈동자에 비견될까.

어화둥둥, 이래저래 좋은 점심시간이다.

"…어?"

그랬는데…….

전영은 뒤쪽에서 들리는 의문사에 고개를 돌렸다.

정원으로 들어서는 두 명의 남자가 보였는데 자신과 비슷한 또래의 청년들이었다. 둘 다 중앙에 큼지막한 호박이 박힌 영웅건을 매고 있었다. 훤칠한 생김새들이 한눈에 귀한 집안 자제들 티가 줄줄 흘렀다.

'하긴, 이곳에 초청된 사람치고 세도가 출신이 아닌 사람이 없으니. 그나저나…….'

이곳 정원은 종리세가의 친인들이 머무는 내원 안쪽에 마련되어 있었다.

세가 무인들도 함부로 드나들 수 없는 곳. 방문객들이야 당연히 허락없이는 들어올 수 없는 외지였다.

응당 제지하는 무인들이 있었을 텐데 들어왔다는 것은 친인 중 누군가에게 허락을 받았다는 소리?

"하! 아무도 지키는 사람이 없기에 들어왔더니 이런 곳이 있었군."

허락은 쥐뿔.

'경비무사들까지 사람들 대접에 참여했나 보네.'

그 정도로 많은 사람들이 종리세가의 신년회를 찾아왔다.

"이런, 식사 중이셨나 봅니다."

두 명의 청년 중 백의를 입은 청년이 식탁 쪽으로 성큼 다가왔다. 역시나 이곳이 외인의 출입이 금지된 곳임을 전혀 모르는 눈치였다.

"아, 예."

일단 모르는 것이 죄는 아니기에 전영은 우선 자리에서 일어났다.

덩달아 그의 팔짱을 끼고 있던 종리유하도 따라 일어섰는데 그녀의 두 손은 꼭 쥐어져 있었다.

전영을 처음 대한 때와는 달리 낯선 이에 대한 경계심이 얼굴에 그대로 드러났다.

그 순간 백의를 입은 청년의 눈매가 묘하게 번뜩였다. 코끝이 살짝 들린 것만 빼고는 상당한 미남이었다.

그가 포권을 취하며 한 발짝 더 다가섰다.

"즐거운 오찬 시간에 불청객이 끼어들었나 봅니다. 죄송하게 되었습니다."

비슷한 또래이긴 하나 전영에 비해서는 두어 살 많아 보인다. 그럼에도 예의에 어긋나지 않는 것이 명가의 자제임에 분명해 보이는 백의청년이었다.

그 첫인상이 보기 좋아 전영은 괘념치 말라는 듯 말했다.

"아닙니다. 다만 이곳은 세가의 친인들이 기거하는 곳이 바로 지척인지라 외인은 함부로 들어오시면 안 되는 곳입니다."

"아, 그랬습니까? 이거, 큰 실례를 범했습니다."

백의청년의 말에 전영이 어색하게 웃자 청의 차림의 청년이 고개를 갸웃거렸다.

"처음 보는데?"

반말인지 존대인지 헷갈리는 그의 의구심에 백의청년이 반문했다.

"무슨 말인가?"

"지금 저치가 이곳이 외지라 하였는데……."

전영과 종리유하를 빤히 쳐다보는 청의청년의 행동은 백

의청년과 달리 예의가 없어 보였다.

그가 또다시 고개를 갸웃거렸다.

"내 이곳에 들른 적이 있어 종리세가의 친인들과는 안면이 아주 없는 것은 아닌데… 이 사람들은 처음 보는군."

청의청년의 말투는 전영과 종리유하도 친인은 아닌 것 같은데 이곳에 어찌 있느냐는 분위기였다.

전영의 눈매가 살짝 올라갈 수밖에 없었고, 그 모습에 백의청년이 서둘러 입을 열었다.

"이 친구 말투에 기분이 상하셨나 봅니다. 다른 뜻은 없었으니 이해해 주십시오. 제가 대신 사과드리겠습니다."

"뭐, 그러시다면야."

전영이 떨떠름하게 눈썹에 힘을 풀자 청의청년의 얼마 없는 양쪽 눈썹이 중앙으로 몰렸다.

"오호라, 그러시다면야?"

아니꼬운 의문사.

"그 말은 이해해 줄 테니 조용히 물러가라는 것이냐?"

확실한 반말이다.

'이 사람이 왜 이러나?'

몇 마디 하지도 않았는데 뭐가 그리 기분 나빠서 시비조로 말하는지 전영은 이해가 가지 않았다.

종리유하도 청의청년의 목소리에서 느껴지는 삐딱함에 기분이 나쁜 건지 겁을 먹은 건지 전영의 팔을 바싹 끌어안았다.

전영은 그녀의 손등을 두드려 주며 문득 코끝을 스치는 냄새에 실소를 지었다.

'그러면 그렇지.'

청의 인물의 얼굴에는 취기가 없었다. 그러나 그의 몸에선 진한 취향이 번져 나왔다. 괜한 시비조의 원인이 거기에 있었다.

'낮술은 부모도 몰라본다는데 이 정도야……'

전영은 가볍게 이해해 줘야지 생각하며 입가의 실소를 기분 좋은 웃음으로 바꿨다.

"하하, 신년회에서 한잔하셨나 봅니다. 예, 좋은 날이지요. 이런 날 안 마시면 언제 마시겠습니까? 하하, 그런데 아쉽게도 이곳엔 술이 없군요. 어쩌나? 아, 여기서 이러실 게 아니라 이만 돌아들 가셔서 기분 좋은 술, 마저 드시는 게 어떻겠습니까?"

전영은 이만하면 부드러운 축객령이지 싶었다.

"지금 내가 술주정이라도 부린다는 말투로구나?"

아니었다.

청의청년의 곡해에 전영은 고개를 저으며 말했다.

"술주정이라니요? 제 말을 그런 뜻이 아니라……"

"어허! 내 그리 들었는데 발뺌할 생각이냐?"

"발뺌… 이라니요?"

전영의 어이없다는 반문에 백의청년이 청의청년의 어깨에 한 손을 급히 짚어갔다.

"이보게, 광모. 처음 보는 사람에게 왜 이러나?"

"왜 이러냐고? 자네 말대로 처음 봐서 이러는 걸세. 저 여자도 그렇고, 내 분명 종리세가의 친인들을 모두 보았는데 저들은 처음 본다는 말이네. 무슨 말이겠는가? 결국 저것들도 이곳에 들어올 수 없는 것들이란 말일세. 그런데 왜 우리보고 지들이 나가라 마라 하는 건가 말이야!"

말이 많아질수록 청의청년의 목소리에선 취향이 짙어졌다. 한두 잔 마신 것이 아닌 듯했고, 무엇보다 전영의 귀엔 방금 전 그의 말투가 거슬렸다.

"지금 '것들'에 '지들'이라고 했습니까?"

"호? 눈을 치켜뜨는 것이 기분이라도 상했나 보구나?"

상하긴 아까부터 상해 있었다.

"사과하십시오. 그리고 이분은……."

"이분? 흐흐흐흐, 옆에 착 달라붙어서 이분이라니? 요즘은 그렇고 그런 사이에도 존대를 하느냐?"

"그건 당신이 알 바 아니지 않소!"

"어이쿠, 당신? 이놈이 보자 보자 하니까 못하는 말이 없구나! 감히 본 공자가 뉘라고 함부로 당신 운운하는 것이냐?"

분명 취기가 상당한 것 같은데 청의청년의 발음은 정확했다.

전영은 화를 내기 이전에 신기한 취객 행위라고 여기다가
문득 친구를 말리던 백의청년을 눈에 담았다. 그는 어느새
한 걸음 뒤로 물러나 있었고, 한곳을 뚫어지게 쳐다보고 있
었다.

스윽.

종리유하를 등 뒤로 세우는 전영이었다.

그가 목소리에 힘을 실어 뱉어냈다.

"이만 물러가시오. 분명 이곳은 외인이 함부로 드나드는
곳이 아니라 말했소."

"하! 지금 그 목소리, 협박이라도 하는 것이냐?"

"협박이 아니라 주지시키는 것이오."

"뭘? 이곳이 외인 출입 금지라고? 그러는 너는 뭐냐? 넌 뭔
데 이곳에 있는 것이냐?"

"난 허락을 받고 이곳에 있는 것이오."

"누구에게 말이냐? 저년에게 말이냐?"

청의청년의 말에 전영의 눈썹이 역팔자를 그렸다.

그러나 최대한 자제력을 발휘해 화를 억눌렀다.

종리유하.

그녀가 있기에 혹여 젊은 혈기들의 충돌에 놀랄까 봐 그것
이 걱정되어서 참으려 했다.

하지만,

"크큭, 숨어서 연애질이나 하려고 서로에게 허락을 하다

니, 지금 장난하느냐? 그래 놓고 뻔뻔하게 나가라 마라 해? 쥐
새끼 같은 것들."

이런 말에도 참을 만큼 전영의 정신 수양이 깊지는 못했다.

더욱이 그 좋던 예의는 어디 가고 침 나올 정도로 종리유하
에게 느물거리는 시선을 고정시킨 백의청년의 눈빛도 기분
나쁘다. 그래서 싸잡아 말해 버렸다.

"마지막이다. 네놈들이 누구인지는 나와 상관없다. 그러니
좋게 말할 때 물러들 가거라. 사과도 받지 않겠다. 취한 놈의
개소리라고 치부할 테니."

"뭐, 뭣이라! 네 이놈! 네놈이 지금 본 공자에게 개소리라
했느냐!"

삿대질을 하는 청의청년의 얼굴에 이제야 취기가 확 돌았
다.

백의청년도 황당한 표정이었다. 평생 처음 듣는다는 기색
이 역력했다. 그러면서도 그의 시선은 종리유하를 떠나지 못
했다.

'선녀가 하강한 것이 분명하구나!'

너무 아름답다. 말로 표현한다는 것이 죄스러울 정도.

그런 미녀 앞에 있는 놈은 그저 그렇게 생겼다.

'연인 사이인가?'

꼭 붙어 있는 것이 그런 것 같다.

'기분 더럽군.'

본래 성격 나온다.

혹시나 이곳 친인일까 싶어 예의를 갖췄을 뿐이다.

친구의 말을 빌리면 아닐 가능성이 큰 것 같다.

가식의 껍데기를 벗어던져도 된다는 소리.

"이놈이 보자 보자 하니 못하는 소리가 없구나!"

그의 살짝 들린 코끝이 더 높게 쳐들렸다.

"감히 우리가 누군 줄 알고 함부로 지껄이는 것이냐!"

백의청년의 돌변한 태도에 전영의 입에선 어이없다는 쉰 소리가 흘러나왔다.

"히야~ 알고 봤더니 이것들이 쌍으로 싸가지로세."

"싸, 싸가지?!"

"네 이놈! 네놈이 정녕 이 자리에서 죽고 싶은 것이냐!"

상황이 왜 이렇게 꼬였는지는 중요하지 않았다.

말로 끝날 분위기가 아닌 것만은 확실했다.

종리유하도 분위기가 이상하다 느꼈는지 전영의 등에 자신을 몸을 더욱 밀착시켰다.

작은 떨림. 여린 숨결의 기복이 느껴진다.

전영은 비스듬히 돌아서서 그녀의 어깨에 한 손을 올리며 최대한 부드러운 목소리로 말했다.

"여기 앉아서 눈 감고 하나부터 열까지 세줄래요?"

"우웅?"

"열까지요. 세줄래요?"

“응.”

전영의 부탁에 종리유하는 곧바로 의자에 앉고는 눈을 감았다. 그 모습에 전영은 묘한 뿌듯함을 느꼈다.

자신을 향한 종리유하의 순수한 믿음에 따른 남자의 만족감이 아닐까 싶었다.

‘그나저나 열까지 아는지 모르겠네.’

전영은 생각과 동시에 고개를 저었다.

“쩝, 상관없나?”

“이놈! 지금 뭣 하는 짓이냐!”

전영의 여유있는 혼잣말에 청의청년의 목이 시뻘게졌다.

백의청년도 눈을 치켜뜨기는 마찬가지였다.

“이보게, 말로는 더 이상 안 되겠네.”

“그렇지.”

“뭣이라?”

“말로는 안 되겠다며? 그럼 하나만 남았네.”

“이, 이놈이 뭘 믿고…….”

“뭘 믿긴, 날 믿지.”

언제부터 믿었을까?

“아, 그리고 이놈 저놈도 하지 마라, 다 큰 어른한테.”

“어허! 이런 천둥벌거숭이 같은 놈을 보았나! 이보게, 광모. 더 이상 말로는 안 되겠네!”

“에이, 그건 아까도 종알종알댔잖아.”

이렇게 도발하는 성격도 아니었던 것 같은데?

전영은 지금 자신의 온몸을 두르고 있는 자신감의 발단이 전혀 궁금하지 않았다.

'날 깔보고 유하 아가씨를 욕했으니.'

그냥 때려잡을 생각뿐이었고.

스륵―

그 순간 미풍이 불었다.

전영이 서 있던 자리를 맴돌았고, 멍하니 서 있는 두 사람 앞에는 어느새 전영이 서 있었다.

순보의 일보다.

그렇게 인지한 순간이다.

턱―

전영의 양손에 두 사람의 목줄이 쥐어졌다.

후웅―

그들의 신형이 공중에 몸을 맡기는 것과 거의 동시였다.

쑤욱―

괴력을 선보인 전영의 양팔이 바닥에 내리꽂히는 것은 바로 다음이었다.

투퍽―!

그 결과 대지와 인육의 충돌음에 뿌연 먼지가 일었다.

"크악!"

"우억!"

통음이 연발하고, 일촌광음이라 했던가.

실로 눈 깜빡할 사이에 벌어진 일이었다.

"…어라? 구른 거야?"

다시 정상적인 시간이 흘러가고, 좌우로 신형을 굴린 두 사람. 그들은 각자 맞은편에서 신형을 비척대며 일으켰다.

"……!"

그들의 얼굴엔 불의의 일격에 대한 고통보다 분노가 가득차 있었다.

살아오면서 이렇듯 무식하게 패대기를 당해본 적이 없으니 그러했다. 타고난 태생의 복으로 인한 실전 경험이 전무하다는 것도 한몫을 했다. 그래서 상황 파악보다 분노가 먼저였다.

"이… 개새끼가!"

"주… 죽여 버리겠다!"

그들의 눈에 핏발이 올라섬과 동시에 상체가 튕겨졌다.

생각보다 준수한 신법 속도.

순식간에 전영의 코앞으로 쇄도하는 두 사람이다.

뚜둑―

그들의 어깨가 각자 맞은편으로 뒤틀렸다. 혼신을 다한 주먹질을 예상할 수 있었고, 전영의 안면과 가슴뼈는 그대로 함몰시킬 기세를 장착하고 있었다.

하지만 '맞으면' 이라는 전제가 붙어 있었다.

투기에도 반응.

살기에는 즉각 반응.

본인 이외의 세상 만물의 모든 흐름이 '또' 느려진 전영에게 말이다.

"정지."

"컥!"

백의청년의 입에서 단말마가 튀어나왔다. 그의 신형은 달려오던 속도가 무색하게 전영의 반 장 앞에서 모든 동작이 딱 멈춰졌다.

전후좌우.

어떤 곳으로도 움직일 수 없었다.

속박에 걸린 것이다.

그사이 전영의 신형은 반대쪽으로 잔영의 꼬리를 물고 있었다.

"……!"

청의청년은 눈앞에 뭔가가 번쩍이자 본능적으로 두 팔을 열십자로 교차했다.

"꾸억!"

한발 늦었을 뿐이다. 이미 청의청년의 명치 깊숙이 파고든 전영의 주먹은 팔번 척추와의 만남을 성사시키고, 다음 약속 장소인 '턱주가리'로 발끝을 쳐올리고 있었다.

빠각!

“꺼억!”

“올라왔으니 뒤돌려 차기.”

퍼억!

이번엔 비명성도 없었다.

끈 떨어진 연 날아가는 소리만 들린다.

콰쾅!

정원의 한쪽 벽이 무너질 듯 굉음을 일으켰다.

먼지는 그리 많이 피어오르지 않았다.

밑으로 수북한 풀들이 심어져 있어서였고, 그곳에 누워 있었다. 벼락에 감전된 것처럼 상체를 들썩이며 게거품을 물고 있는 청의청년이.

“네엣.”

이 모든 것이 종리유하가 ‘네엣’ 할 시간 동안 벌어진 상황.

“아직도 여섯이나 남았네?”

“……!”

전영의 충분하고도 넘친다는 말에 속박의 틀 안에서 경기를 일으키는 백의청년.

“으으으으으ㅡ”

그의 입가에서 흘러내리는 허연 분비물은 지금 그가 겪고 있는 정신적 공황(恐惶) 상태를 말해주고 있었다. 게다가 백의청년의 공황 상태에는 생각지도 못한 악재가 겹쳐 있었다.

"다… 우웅? 다… 다… 네엣."
답답해서 미칠 지경이라는 것이 바로 그것이었다.
"이런, 이런. 아직도 여섯이나 남았네."
"끄으⋯⋯."
"다… 다… 네엣."
"끄아아아아아ㅡ!"
이후로도 숫자는 절대 줄어들지 않았다.

공격해도 될까요?

프로첸은 지난 두 달간의 검무전 합동 훈련 기간 내내 전호연의 새로운 진면목을 발견, 한참 감탄하고 있는 중이었다.

첫째로 그녀와 같은 검무전 이(二)대원들이 대주인 조북광보다 동료인 그녀의 지시를 더 잘 따른다는 점이었다.

전호연의 나이가 그들 중 가장 어리다는 점으로 미루어 프로첸에겐 정말 신기한 일이 아닐 수 없었다.

더욱이 동료들과의 의사 소통이 거의 없음에도 그러했다.

동료들은 오직 그녀의 손짓, 눈짓, 고갯짓에 착! 착! 착! 총팔대의 검무전 산하 최강의 단결력을 선보였다.

죽은 아비가 전임 검무전주에, 오라비가 전임 이대주였으니 그 후광인가 싶었지만 결국 그것도 아니었다.

강인함.

대원들 모두 픽픽 나가떨어지는 강도 높은 훈련을 그녀는 한 번의 낙오 없이 묵묵히 이겨낸다. 불평불만도 없다. 훈련에 있어서만큼은 누구보다 솔선수범하는 그녀의 강인한 정신 자세가 대원들에게 인정을 받은 것이었다.

'멋진 여자야.'

율란이 바라보는 시각과 조금은 다른, 그러나 동일한 감탄을 하는 프로첸이었다.

둘째는, 말하면 입 아픈 전호연의 미모에 대한 새로운 발견이었다.

열정.

그녀에겐 단순히 타고난 미모만 있는 것이 아니었다. 스스로 정한 목표를 부단한 노력으로 뛰어넘으려는 빛나는 열정이 함께했다.

그중에서도 흑단을 질끈 동여맨 채 검을 휘두르며 상대를 압박할 때의 그 저돌적인 모습이란······.

'음, 정말 멋진 여자야.'

남자로서, 동료로서 바로 옆에 그런 여자가 있다는 것은 행복이 아닐 수 없었다.

"…감기나 안 걸렸나 모르겠네."

마지막으로 지금처럼 전영 걱정을 입에 달고 산다는 것이

세 번째 감탄인데…….

이 부분은 좀 걱정되는 부분이기도 했다.

짧은 휴식 시간. 옷은 두껍게 입고 다니는지, 추운데 외근은 안 하는지 등등, 벌써 몇 차례나 들었는지 모르겠다.

무슨 말이냐 하면, 앞서 말했듯 그녀는 동료들과의 의사 소통이 거의 없었다.

아니, 전무하다시피 했다. 상관의 명령에도 고개를 젓고 끄덕일 뿐이다.

즉, 인간관계의 기본인 대화가 없다는 말로, 동료들에게 인정을 받는 것을 떠나 그녀 스스로는 혼자 고립되어 있었다.

그걸 본인도 원하고, 오직 그 테두리 안에는 전영만 있을 뿐이었다. 그러면서 눈에 안 보이니 자꾸 중얼거린다.

걱정된다고.

바꿔 말해, 눈앞에 없으니 보고 싶다는 반증이었다.

'저 정도면 단순한 의존을 넘어 '브콤(브라더 콤플렉스)' 수준이야.'

본인은 모르겠지만 프로첸의 눈에는 분명 그리 보였다.

그 증거로, 이미 프로첸 본인이 전가장에서 겪은 바대로 자신과 율란이 놀러 오건 말건, 간혹 한자리에 같이 있건 말건 전호연은 오직 전영에게만 말을 하고 그의 말만 들었다.

그 뒤 이곳에서 같이 생활하면시도 전호연의 행동거지는

여전했다.

전영이 없으니 아예 말을 안 했다. 앞서 말했듯 주위의 다른 사람들에게는 너무하다 싶을 정도로 완무(완전 무관심)했다.

한마디로 오빠의 존재에서만 자신의 존재감을 찾는 여동생이었고, 그것이 바로 '브콤'의 대표적인 증상 근거라 할 수 있었다.

물론 그렇게 된 배경에는 부모형제의 갑작스런 죽음에 의한, 이 세상에 자신의 피붙이라고는 오빠밖에 없다는 것이 '트라우마'의 연상 작용을 일으켰을 가능성이 높았다.

그 결과 지금 그녀의 머릿속에는 오직 하나, 이 세상에 믿고 따르고 보호할 사람은 오직 오빠뿐이라는 철옹성이 세워져 있다는 것만은 확실했다.

그것도 아주 단단히.

'저런 경우, 자칫 가족 간의 애정을 연인 간의 연정으로 착각하는 경우가 발생할 수도 있는데……'

정말 그러기야 하겠냐만, 확실한 것은 지금 같은 상황에 만약 전영에게 연인이라도 생기는 날엔 전호연이 받을 충격은 상상을 불허할 것임이 자명했다.

세상에 하나뿐인 것을 뺏기는 느낌.

'단순히 상대방에 대한 질투로만 끝나진 않을 거야.'

잘못하면 남매끼리도 평생 보지 않는 경우가 발생할 수도 있었다. 브콤이나 시콤(시스터 콤플렉스)의 가장 안 좋은 폐해도 바로 그 부분이었다.

‘에휴~ 프로첸아. 지금 뭔 말도 안 되는 상상을 하는 거냐. 꼭 그러길 바라는 놈처럼. 쯧쯧.’

프로첸은 상념이 깊어 잡념이 되는 순간 속으로 혀를 찼다.

“사고 치는 일은 없어야 할 텐데…….”

전호연이 또 중얼거리자 프로첸은 양손에 잡은 찻잔의 온기를 느끼며 싱거운 웃음을 흘려보냈다.

“그런 걱정은 안 해도 될 걸세.”

“……?”

“내 듣기로 직접 손을 쓰는 것도 아니고, 인부들 관리 업무라 하지 않았는가? 여기저기 지시만 하면 될 일, 사고 칠 일이나 있을까 모르겠군. 더욱이 주경야독. 밤에는 건축 공부에 열을 올린다고 했느니 사고 칠 시간도 없을 거란 말일세.”

“…….”

표정을 보아하니 ‘그도 그런가?’ 하고 생각 중인 듯하다.

그러다 고개를 끄덕인다.

‘공감하는가 보군.’

펄럭.

때맞춰 바람에 막사 깃이 세차게 흔들렸다. 현재 그들은 오전 훈련을 끝낸 뒤 연무장 외곽에 마련된 이동 막사 안에서 휴식 중이었다.

"밥은 먹었는지 모르겠네."

전호연이 또 중얼거렸다.

*   *   *

꼬물꼬물.

전영의 양 손가락이 무릎 언저리에서 쉴 새 없이 엇갈렸다.

이유 불문.

남의 집에 손님으로 와서 다른 손님을 상대로 깽판을 벌였다. 그것도 아주 작살을 내버렸다. 공판의 심의 결과에 초조할 수밖에 없었다.

"의외로 소심하네요?"

전영의 맞은편에 앉아 있던 종리혜가 방긋 웃으며 물었다.

뭔가 재미있는 걸 구경하는 어린아이의 초롱초롱한 눈망울이 있다면 바로 그 눈빛을 하고 있었다.

"아까부터 죄진 사람처럼 고개만 푹 숙이고 있고."

종리혜의 이어진 말에 전영의 손바닥이 양 무릎에 올려졌다.

"죄진 건 맞잖아?"

"무슨 죄요?"

"몰라서 묻는 거야, 아니면 알면서 놀리는 거야?"

“놀릴 이유가 없는데요?”

“없긴 왜 없어?”

전영의 반문에 종리혜가 정말 모른다는 듯 고개를 갸웃거렸다.

“설마 아까 그 사람들…….”

“거봐. 알고 있으면서.”

“끝까지 들어봐요. 아까 그 일 때문이라면 전혀 걱정하지 말라는 말을 하려던 참이었어요.”

전영의 눈매가 슬며시 벌어졌다.

“걱정 말라니?”

사람을 그 지경으로 만들었는데? 그것도 두 사람을?

“오히려 전 고맙기까지 한데요?”

“고맙기까지?”

놀리는 거면 머리 한 대 쥐어박을 표정으로 반문하는 전영이었다.

“핏, 하나도 안 무서우니까 이유나 들어봐요.”

종리혜가 입술을 삐죽이며 말했다.

“그 사람들, 사실은 큰오라버니가 한참 벼르고 있었어요.”

“……?”

“제 입으로 말하긴 좀 그렇지만… 저 좋다고 징그럽게 따라다녔거든요. 둘 다.”

“요~ 인기 좋은데?”

“비꼬는 거면 얘기 안 할래요.”

“아아, 알았어, 알았어.”

전영은 양손을 펴 보이며 씩 웃었다. 그러면서도 속으로는 이런 생각을 했다.

‘당연한 것 아닌가?

전호연을 동생을 둔 오라비여서일까? 전영의 미(美)에 대한 기준은 기존에도 상당히 높았다.

그런 와중에 종리유하가 안겨 붙었으니 현재 그의 눈높이는 하늘과 그 경계를 마주할 정도.

하지만 전자의 요건을 갖춘 전영의 눈높이에도 종리혜는 확실히 미인이었다. 자연 좋다고 들러붙는 남자들이 있는 것은 당연지사.

“망나니들은 사절이랍니다.”

전영의 생각을 읽었는지 종리혜가 단호하게 검지를 좌우로 흔들었다.

그녀가 기분 나쁜 상상을 하는 표정으로 말했다.

“배경만 믿고 나대는 골빈 놈들. 그것뿐이면 말도 안 해요.”

안하무인.

천하에 자신이 최고라 생각하는 것들. 대대로 키워온 집안의 힘이 제 것인 양 거들먹거리며 약자들을 괴롭히는 쓰레기들.

이어진 종리혜의 설명은 이 세상을 더럽히는 잡종들의 전형적인 행태 고발이었다.

"나쁜 놈들!"

전영도 얘기를 다 듣고 나니 울화가 치미는 듯 탁자를 내려쳤다.

"돈 있고 힘있는 게 무슨 벼슬도 아니고……."

한 대 더 못 때려준 것이 아쉬울 정도다.

"그래요. 벌레만도 못한 인간이 바로 그놈들이에요. 하지만 그 배경이란 것을 무시할 수 없는 게 사람 사는 곳, 그중에서도 또 강호잖아요."

금력만 따지자면 남도맹 산하 열 손가락 안에 드는 금룡보의 셋째. 무력만 따지자면 능히 칠대세가를 제외한 어느 곳과 맞붙어도 해볼 만한 용천방의 넷째.

결국 돈과 힘이 어느 한쪽으로 치우쳤다 뿐이지 둘이 합치면 능히 칠대세가를 꿰찰 수준이다.

거기다 현 종리세가의 대외 인맥 다섯 손가락 안에 드는 우방 가문이기도 했다. 과연 강호에서 그들을 무시할 수 있는 이가 얼마나 될까?

"그래서 큰오라버니가 벼르고만 계셨어요. 이곳에서 실수만 해봐라 하는 식으로."

"다른 건 몰라도 내 집에서만은 봐주지 않으시겠다는 거군."

그렇다 해도 뭔가 아쉽다. 무언가 부족하다.

"그나마 이곳이 칠대세가니까 그렇게라도 할 수 있는 거예요."

'이거야!'

힘의 논리. 얼마 전 전호연의 얘기대로 사람들의 이기심이 만든 세상의 법칙.

오직 같거나 높은 힘을 가진 이들만 망나니를 망나니로 볼 수 있는 곳. 그 법칙이 가장 잘 지켜지는 강호.

전영이 지금 아쉬워하는 것이 바로 이 부분이었다.

'그런데도 누구 하나 고칠 생각이 없으니……'

전영은 생각과 달리 이제 와 탓할 것도, 스스로가 탓할 자격도 없다고 느꼈다.

이 순간 그런 배경을 가진 이들에게 손을 썼다는 것에 가슴속 한편으론 후회하고 있으니까.

"걱정 말아요."

"……!"

너무 얼굴에 드러나는 성격인가?

"미안."

쓴웃음을 짓는 전영이었다.

"방금 전까지 화를 내놓고 딴에 걱정을 하는 것을 보니 역시 난 못난 놈이지 싶네."

"아니요."

종리혜가 양손을 탁자 위로 모았다. 싱긋 웃는 모습이 복사꽃을 연상시킨다.

"영 오라버닌 적어도 그들처럼 약자를 괴롭히진 않잖아요. 지금처럼 솔직하게 자신의 못난 모습을 남 앞에서 사과할 줄도 알고."

"그래 봐야 나에겐 어차피 그들도 약자였잖아."

"나쁜 약자."

"……?"

"선한 약자를 괴롭히는 나쁜 약자. 영 오라버니에게 그들은 그런 사람들이었어요. 힘을 가진 영 오라버니가 손봐주는 것은 당연한 거예요. 그것이 힘을 가진 자의 의무이기도 하고요."

"그, 그런가?"

귀까지 얇은 것인가?

'순진한 사람.'

종리혜가 코끝을 찡긋거리며 장난처럼 구박을 하는 표정을 지었다.

"그렇다고 너무 실없이 웃진 말고요."

"네에."

"훗. 어쨌든 그러니까 전혀 걱정하지 말아요."

"혜 매가 그렇게 말해주니 나야 그런다 치더라도… 괜찮겠어?"

"뭐가요?"

"그렇잖아? 나 때문에 벌어진 일. 결국 세가에서 뒤처리해 주는 거잖아. 괜히 이번 일로……."

전영이 말끝을 흐렸지만 못 알아들을 종리혜가 아니었다.

"그런 걱정이라면 당장 버리세요."

"그건 또 왜?"

전영의 질문에 종리혜의 입술 끝이 살짝 올라갔다.

"그렇잖아요. 자기들이 먼저 시비를 걸어놓고 개 맞듯 맞았는데 어디에다 하소연하겠어요?"

"기세등등한 배경에다가……."

"피이~ 그것도 상대 나름이지요."

입술을 쌜쭉 내미는 종리혜의 얼굴엔 자부심이 가득했다.

"감히 종리세가의 내지에 허락도 없이 들어온 것도 모자라, 이 집 셋째 따님에게 막말을 하기까지 했는데 과연 하소연할 수 있을까요?"

"그놈들 행실로 미루어 곧이곧대로 말하지 않을 수도 있잖아?"

"물론 그러고도 남을 위인들이지요. 하지만 변하지 않는 진실이 있잖아요."

"진실?"

"영 오라버니에게 비 오는 날 먼지나도록 맞았다는 것. 달리 말해, 돈 좀 있고 힘 좀 쓴다는 가문의 자제들이 자기보다 어리고 생판 듣도 보도 못한 사람에게 맞았다는 것 말이에요. 아마 모르긴 해도 하소연하는 즉시 가문의 위상에 먹칠을 했다고 되려 다리몽둥이 부러지지나 않을지 모르겠네요. 뭐, 그 놈들도 생각이 있는 놈들이라면 그 정도는 예상할 테니……."

"결국 입 다물고 평생 무덤까지 고이 간직할 것이다?"

종리혜가 정답이라는 듯 고개를 끄덕였다.

사박.

그때 풀 위를 걷는 발자국 소리가 들렸다.

"잘했네."

석양이 붉게 노을지는 전경. 그 아래 속 시원한 표정으로 팔각정 안으로 들어서는 인물.

"하하, 아주 잘했어. 아주. 하하하하―!"

종리사유가 환한 표정으로 전영의 어깨에 손을 올렸다.

이렇듯 뒤로 넘어져도 하필 아가씨 치마폭 아래라고, 사람 때려놓고 칭찬받는 전영이었다.

＊　　　＊　　　＊

열흘에 걸친 세가의 신년회가 마무리된 시점.

종리사유는 세가 식솔들의 바빴던 일정에 대한 노고를 손수 일일이 찾아다니며 다독인 뒤 아버지의 처소로 들어섰다.

“다들 돌아갔느냐?”

“몇몇 인사들을 제외, 대부분 세가를 나섰습니다.”

종리사유의 대답에 집안의 유전인 듯 종리장준의 굵은 눈썹이 일그러졌다.

“간사한 놈들.”

아비의 표현에 종리사유는 그 지목 상대가 누구인지 바로 알아차렸다.

“그만큼 본인들도 놀랐겠지요.”

“그렇겠지. 다들 내가 자리에 누워 죽을 날만 기다리고 있는 줄 알았을 테니.”

어디서부터 비밀이 새어나간 건지는 중요하지 않았다.

분명한 건 종리장준이 무명(無名)의 무사와 비공식 일 대 일 비무에서 참패, 생사지경으로 내몰린 처지가 되었다는 신빙성 강한 소문이 세간에 돈다는 것이었다.

응당 수많은 이목이 이번 신년회에 쏠릴 수밖에 없었고, 예년에 비해 초대객들의 참석률이 높았던 이유가 그 때문이었다.

개중에는 예의상 초대객 명부를 발송, 이제껏 한 번도 찾지 않았던 다른 칠대세가의 인사들도 다수 포함되어 있었다.

그들 모두 소문의 진의를 파악, 사실로 판명되는 순간 그동안의 경쟁 협력 체제를 손바닥 뒤집듯 뒤엎어, 순식간에 상처 입은 먹이를 발견한 승냥이로 돌변할 것임이 자명했다.

종리장준의 ‘간사한 놈들’이란 그들을 향한 발언이었고, 전영에게 개작살난 두 청춘도 그놈들 중 일부였다.

“씁―”

입 안이 쓴 듯 종리장준이 찻물을 헹구듯 마셔 버리자 종리사유도 보이지 않게 쓴웃음을 지은 뒤 말했다.

“이유 여하를 불문하고, 아버님이 예전처럼 강녕하신 모습으로 이렇게 자리를 지키신다는 것이 중요하지 않겠습니까?”

그렇다.

신의 주벽세가 세가를 떠난 지난 두 달 동안 종리장준이 보여준 회복세는 거침없는 노도와 같았다.

현재에 이르러 종리장준에게는 그 어떤 병마의 흔적도 찾아볼 수가 없었다. 언뜻 예전에 비해 더욱 깊어진 눈매는 작은 기연을 얻은 듯 보일 정도였다.

패배.

쓰라린 상처가 아물고 더욱 튼튼한 새살이 자란 것이다.

“너의 말이 옳다. 앞으로 남은 과제가 태산이거늘, 지난 일에 연연한다는 것은 어리석은 소인배나 할 짓.”

종리장준의 깊은 눈매가 아들을 쓸어보며 자신감있게 빛났다.

“그럼 묻겠다. 지금 그는 어디에 있느냐?”

화제가 바뀌자 종리사유의 얼굴에 넘치지도 모자라지도 않는 적절한 긴장감이 흘렀다.

그날 저녁.

종리유하를 처소까지 바래다 주고 자신의 처소로 돌아가는 중인 전영의 고개가 자꾸 주위를 훑었다.

"……."

고요한 달밤.

세가의 모든 식솔도 하루 일과를 마감한 지 오래이다.

분명 주변엔 아무도 없는데… 이건 뭘까?

돌아오는 길 내내 뒷머리를 콕콕 찌르는 이 느낌은 뭘까?

밤길에 혼자인지라 오싹할 수도 있었으나 그와는 달리 묘한 흥분을 불러일으키고 있었다.

턱!

기어이 가던 길을 멈춘 전영의 신형이 처소와 상관없는 방향으로 꺾어졌다.

'연무장은 아닌 것 같은데…….'

전영은 뒷머리를 콕콕 찌르는 느낌이 인도한 곳에 도착해 있었다.

그의 시야에는 방원 삼십 장은 됨 직한 청석이 깔린 광장이 들어차 있었다.

개인 연공실이 있다면 딱 그 모양새요, 외부에 만들어져 두어 배 크다는 것이 다른 뿐이었다.

‘……?’

전영의 눈매가 그 광장 전방의 끝머리를 향해 가늘어졌다.

“어르신이십니까?”

어둠 속 누군가가 있다.

“역시 왔군.”

목소리로 상대를 확인하는 전영이었고, 흐릿한 달빛 아래 종리장준의 신형이 드러났다.

그가 전영을 향해 손짓했다.

“올라오시게.”

무슨 일일까?

저벅.

전영은 의구심을 뒤로하고 우선 청석 위로 올라섰다.

그렇게 두 사람의 거리가 삼 장으로 좁혀지자,

후욱―

어둠을 가르며 날아온다.

달빛에 반사된 홍백의 검광이.

“명검이라 칭할 순 없으나 집안의 가보 정도는 되는 물건일세.”

어느새 전영의 손엔 검이 들려져 있었다.

‘…진검(眞劍).’

연습용 목검이 아니다.

아버지의 철검 이후 태어나 두 번째로 손에 쥔 검의 감촉은

싸늘했다.

‘…….’

하지만 나쁘지 않아.

오히려 익숙한 기분마저 느껴진다.

“이것을 왜……?”

전영의 의문 어린 시선에 종리장준의 눈빛이 심오함을 담아 마주했다.

“확인하고 싶었네.”

복수를 꿈꾼다. 그러나 혼자로는 부족하다.

“자네의 실력을.”

그래서 동행을 구했으니 같이 꿈을 꿀 수 있는지 확인하려 한다.

“…저와 겨뤄보자는 말씀이십니까?”

“보는 것만으론 뭔가 부족하지 싶어서 말일세. 혹 상대로 부족한가?”

“그, 그럴 리가요.”

손사래를 치는 전영.

“다만…….”

너무 뜻밖이란 표정은 지울 수 없었다. 그런 가운데 이 알 수 없는 몸 안의 흥분 덩어리들은 뭘까?

“재밌겠는데요.”

아련하게 뇌리를 스치는 이 목소리는 또 뭐란 말인가?

결정적으로,

'나 지금…….'

피식.

'…웃고 있는 거야?'

전영은 자신의 입꼬리가 살짝 올라가 있음을 느꼈다.

그 순간,

후아아아악—!

그의 눈앞에 일진광풍이 휘몰아쳤다. 거인의 힘을 완벽히 되찾은 종리장준의 어마어마한 기파가 대기를 강력하게 밀어 냈다.

갑작스런 비무.

예의 친선의 성격이 강하다 싶었다.

아니었다.

정확히 십 초의 형식적인 검무 교환까지만이었다.

그 뒤로 종리장준의 검은 본연의 실체를 드러내는 데 주저함이 없었다.

검위일체.

사람과 검이 하나가 되었다. 거기다 쾌속함을 장착한 종리장준의 검세는 능숙한 변초까지 가미되어 경쾌한 가운데 쉽게 받아넘길 수 없는 묵직함을 뽐냈다.

쐐액!

날카로운 파공음이 차가운 대지의 기운을 단번에 갈라온
다.

쩌정!

달빛 아래 불빛이 번쩍인다.

그 호쾌함이 불과 몇 달 전만 해도 생사를 헤맸던 사람이
맞을까 싶을 정도로 역동적이다. 차라리 짓이긴다는 말이 맞
을 듯.

그 정도로 종리장준의 검격은 매순간 전영의 팔 전체 감각
을 앗아갈 정도로 강력했다. 저절로 눈매가 모아지고 허리가
뒤로 밀리는 상황의 연속.

파앗!

이번엔 퇴보를 거듭하지 않고 한발 전진하는 전영이었
다.

그러기 위해 우선 막지 않고 비껴내야 한다.

일보(一步).

그 보폭의 접근으로 인해 더욱 강맹해질 종리장준의 검격
을.

스릉―!

아슬아슬한 숨결이 지나가고 비껴낸 종리장준의 검봉이
바닥을 향한다.

그와 동시에 종리장준의 우측으로 달라붙은 전영의 어깨
가 빠르게 회전한다.

밑으로는 그의 손 안에 쥐어져 언제부터인지 모를 익숙함
을 안겨주는 검날의 싸늘함이 밤공기를 가른다.

슈아아악!

비무를 시작하고 제대로 휘둘러 본다 싶은 첫 일격이나 마
찬가지였다.

'피하겠지.'

그럼 다음에……!

휘익!

이런, 예상이 빗나갔다.

쩌어엉!

반격에 대한 호통인가.

이번 기세는 자칫 검을 놓칠 정도로 강력하게 다가온다.

파검(破劍).

아예 검을 부러뜨릴 기세이다.

'…헛!'

그것도 모자라 어느새 뒤로 돌아가 있는 걸까?

눈앞의 모든 흐름이 자신을 위주로 저속 행진을 유지함에
도 종리장준의 신형은 눈으로 쫓기가 힘들 정도로 신출귀몰
했다.

치링!

기세를 탄 종리장준의 검이 전영의 어깨를 돌아 허리로 미끄러져 내려온다.

'제길!'

유연하기까지 하면 어쩌겠다는 것인가!

파아아아— 퍼러럭!

간발의 차로 퇴보를 밟은 전영의 가슴께 앞섶이 내달리는 마차의 깃발처럼 흩날렸다.

'이거… 장난이 아닌데?'

꿀꺽!

다시 말하지만 단순한 비무라 했다.

한데 지금 한발만 늦었어도 본인의 창자가 세상 구경을 할 뻔했다.

위험천만한 상황.

그럼에도 정작 이상한 것은 약속을 어긴 상대에게 분노가 일지 않는다는 것이었다.

'정히 이렇게 나오신다 이거지요!'

그보단 오기가 발동한다.

대체 언제부터 검을 휘둘렀으며 비무를 해봤다고 절체절명, 실수 하나에 목숨이 오가는 상황에서 오기가 발동한단 말인가.

더욱이 상대는 이십사절의 십이성의 일인. 전영은 모르겠지만 칠사에 도달한 십이성이기도 했다.

"이렇게 된 거, 어디 한번 즐겁게 놀아볼까요?"

또 들린다. 그러고 보니 그 모르는 놈의 목소리와 비슷했고, 그 순간이다.

우우우우웅—

전영의 내부에서 변화가 일었다.

융합.

하단과 중단에 머물던 기운이 하나의 선을 만든다. 통로를 엮는다.

쐐애액!

그때 종리장준의 검이 다시 쇄도한다.

차앙!

날카로움에 파력의 기운이 물씬 풍긴다. 그러나 전과 같이 팔이 떨어져 나갈 걱정은 없었다.

무접(無接).

닿지 않았다. 전영의 가슴 앞에는 눈에 보이진 않지만 일정 수준의 무인이라면 감(感)으로 감지할 수 있는 무형의 막이 형성되어 있었다. 충돌 즉시 그 막이 종리장준의 강맹한 검세를 흩어버렸다.

윙윙윙윙윙—!

전영의 검봉이 눈에 보이지 않을 속도로 빠르게 원을 그린다.

하나, 둘, 셋……

파앙! 파앙!

종리장준의 검격은 그 무형의 원막에 가로막혀 허공에 압축된 폭발을 연속적으로 일으킨다.

파사사삭!

분진의 여파가 허공을 점막처럼 일그러뜨린다.

파괴력이 결코 가볍지 않다는 증거. 결과적으로 무용(無用)이다. 파괴력을 전달해야 할 전영은 허공이 아닌 눈앞에 있었다.

펑!

또 막힌다. 이쯤 되니 종리장준의 눈에 이채가 발하지 않을 수 없었다.

'검막인가?

그리 어려운 공부는 아니다. 보통 절정의 중경 수준에 오르면 누구나 시전할 수 있다.

바꿔 말해, 종리장준 같은 초절정고수에게는 전혀 놀랄 만한 비기가 아니라는 말.

그럼에도 종리장준이 놀라는 이유는 자신이 찌르는 접점의 끝에 전영의 검막이 한발 먼저 형성되어 있다는 점이었다.

선점.

자신의 검로가 상대에게 읽힌다는 뜻.

쐐애액!

'큭!'

종리장준의 어깨가 황급히 바깥쪽으로 틀어진다.

선점(先占).

이번엔 말 그대로 한발 앞선다는 뜻이었다.

위이이잉!

귓가에 울리는 공진이 간만에 오싹함을 던져 준다.

휙!

종리장준은 지체없이 전영의 옆구리로 파고들었다.

빠르다.

스악!

그러나 상대는 더욱 빠르다.

미처 검을 휘두를 여지도 없이 전영의 검이 허리를 베어온다.

퍼러러럭!

역전(逆戰).

이번엔 종리장준의 앞섶이 거세게 휘날린다.

터엉!

숨 돌릴 틈 없이 전영의 강력한 진각이 종리장준의 어깨를 들썩였다.

쑤아아악!

뒤이어 종리장준의 발밑에서 천이 거칠게 찢기는 소리가

터져 나왔다. 전영의 검날이 지천의 기세로 솟아오르고 있었
다.

　‘피하고 볼 일.’

　막아봐야 손해라는 생각에 종리장준은 신형을 황급히 뒤
로 물렸고, 그때였다.

　“정지!”

　“……?”

　스각!

　“……!”

　튕기듯 신형을 뒤로 물린 종리장준의 얼굴이 굳어졌다.

　팔락!

　눈앞에서 끈 떨어진 연처럼 나불거리는 천 조각.

　어깨를 감싸던 옷감이다.

　사라진 옷감의 빈자리에선 엷은 핏물이 배어 나오고 있었
다.

　“정지.”

　전영의 입에서 그 말이 나옴과 동시에 자신의 몸에 생긴 부
자연스러움의 결과였다. 피할 수 있었음에도 순간적이었지
만 몸이 말을 듣지 않았다.

　‘…염력인가?

잊고 있었다.

아들이 들려주었던 전영에 대한 정보를.

반면 전영의 표정은 뭔가 마음에 들지 않는 기색이었다.

'순식간에 풀리네.'

상대의 무력을 감안해도 속박의 파훼가 생각보다 빠르다. 그로 인해 원래는 아슬아슬하게 멈추고 항복 선언을 받아내려던 검격을 회수하지 않았다. 내친김에 파훼했으니 어떻게든 피할 줄 알았던 것이다.

하지만 그 찰나의 계산이 양측 모두에게 같을 수 없었는지 미묘한 시차가 발생, 본의 아니게 피를 보고 말았다.

"원래 비무란 다 그런 거예요. 그러니 신경 쓰지 말아요."

후회되는 순간 오늘만 세 번째. 이젠 확실히 그 모르는 놈의 목소리가 맞다고 생각하면서도 '왜?' 라는 의구심이 안 생기는 목소리가 또 들렸다.

"여기서 괜찮냐고 물었다간 오히려 상대의 자존심에 상처를 줄 뿐이에요."

끄덕.

전영은 고개를 끄덕여 수긍의 뜻을 전하기까지 했다. 대체 누구에게 전달하는 동감인지도 모르면서 너무나 자연스러운 행동이었다.

쏴우우욱!

동시에 종리장준의 눈동자가 풍랑을 맞은 듯 흔들렸다.

'무, 무슨……!'

전영의 뒤쪽이다.

실체가 없는 어둠의 장막이 물결처럼 일그러졌다.

착각이 아니었고, 실제로 진흙 웅덩이의 공기 방울이 터지듯 백색의 유형 물질이 흑막을 비집고 쏙 하고 빠져나왔다.

그 길쭉한 막대기 모양의 백색 실체는 순식간에 하나에서 둘로, 둘에서 넷으로 계속 분열을 일으키기까지 했다.

우우우우웅―

어느새 전영의 머리 위쪽으로 백광의 집합체가 번쩍이고 있었다.

그것들 하나하나 길쭉한 고드름 모양을 이룬 채 종리장준을 향해 예리한 꼭지점을 조준하고 있었다.

공격 의사가 분명하다.

"……."

그럼에도 종리장준은 넋을 잃은 듯 멍하니 서 있었다.

괴사(怪事).

보고도 믿기지 않는 상황 앞에 백전노장의 방어 개념이 한 순간 사라져 버린 것이다.

“저기…….”
그를 향해 전영의 고개가 모로 기울어졌다.
“…공격해도 될까요?”
이제부터 시작이다.

종리사유는 현재 아버지의 명으로 멀찍이서 두 사람의 비무를 관전하고 있었다.
그런 그의 뇌리로 갑작스레 주옥영의 목소리가 스쳐 갔다.

“통행세를 물지 않게 해주세요.”

자신에게 천의라는 물품을 내주고 주옥영이 원한 대금(代金)이었다.
즉, 남도맹의 세력권 안으로 숨어들었을 가능성이 높은 암살범들. 그들의 흔적을 찾는 데 기존의 번거롭고 쓸데없는 체계를 거치지 않게 해달라는 것이었다.
당시 종리사유는 그 자리에서 흔쾌히 지불을 약속했다.
사실 더한 것을 원했다 하여도 거부할 수 없는 입장이었다. 아비의 목숨을 살리는 일이니 오히려 받는 물품에 비해 대금 가격이 너무 싼 것이 아닌가 하는 의문이 들 정도였다.
하지만 상황이 상황인지라 개인적인 의문은 즉시 지워 버렸다. 세가로 돌아옴과 동시에 남도맹에 정식 안건을 상정한 종리사유였다.

그 뒤 천문학적인 액수의 비자금이 오가고, 세가의 오랜 인맥의 연계도가 빛을 발한 결과.

일사천리.

주옥영의 '범위 확장' 에 대한 대금은 남도맹 주요 인사들의 만장일치로 지불되었다.

전영 남매와 주벽세가 종리세가에 도착하고 보름이 지나지 않아서였다.

그런 뒤에 종리장준은 살아났고, 이제 남은 것은 그의, 세가의 자존심 회복이었다.

하나 쉽지 않은 길.

이유야 어찌 되었든 종리장준의 패배를 숨긴 결과, 그것이 족쇄가 되어 복수행에도 비밀 유지가 최우선이 되어버린 현실의 벽에 부딪친 것이다.

자연 이목이 두려워 많은 인원을 동원할 수 없는 처지.

때마침 가뭄의 단비처럼 전영이 세가에 있었다.

종리장준에 버금가는 고수가 말이다. 인원 차출의 족쇄가 풀리는 순간이었다.

그리고 전영을 자신들의 복수행에 합류시키는 거래물로 종리사유는 이미 한번 써먹었던 대금 영수증을 들이밀었다.

범위 확장.

변명 같지만 전영이 검무전주의 아들이었기 때문에 사용

할 수 있었던 이중 영수증이기도 했다. 솔직히 그것 말고는 전영을 끌어들일 '미끼'도 없었다.

한데 지금 이 순간 그 거래 내역이 후회되는 종리사유였다. 그의 눈동자에는 달빛을 삼키는 백광이 눈부시게 반사되고 있었다.

'나중에 체할지도 모르겠구나.'

눈앞에 신기를 펼치며 아버지와 대등하게 서 있는 전영이다. 그와의 첫 거래에서 쉽게 말해 꼼수를 사용했다.

혹시라도 나중에 주옥영과의 대면에서 그 사실을 알기라도 하는 날엔.

꾸욱!

종리사유의 주먹이 자신도 모르게 쥐어졌다.

'뒷감당이 만만치 않을 테지.'

당장 눈앞의 현실이 훗날의 사태를 직감적으로 알려준다.

'…밀리시는가!'

번쩍이는 백광의 소낙비가 만천화우를 방불케 한다. 본인의 안력으론 감당할 수 없는 속도로 아버지의 검세를 해일처럼 파고든다.

그 날카로운 파공음이 귓가를 스칠 때마다 아랫입술을 질끈 깨무는 종리사유였다.

"…혜아야."

자신의 왼편을 돌아다보는 종리사유의 눈에 종리혜의 잔

뜩 긴장된 얼굴이 보인다. 그녀 역시 아비의 명을 받아 이곳에 있었다.

"혜아야."

"…예?"

종리사유의 반복된 부름에 종리혜가 뒤늦게 고개를 돌렸다. 그녀의 얼굴 가득 충격과 감탄이 반반씩 버무려져 있었다. 말로만 듣던 것과 눈으로 보는 차이가 그 안에 담겨 있었다.

'넋이 나가는 것도 무리는 아니지.'

종리사유가 속으로 고소를 지으며 말했다.

"부탁한다."

"……?"

"…꼭 잡거라."

입으로 말하며 종리사유는 눈으로 종리혜의 의구심을 풀어주었다.

오라비의 시선을 따라간 종리혜의 눈동자가 반짝였다.

"예."

달밤에 태양을 등진 사내.

눈이 부셔 제대로 쳐다볼 수 없을 정도로 빛나는 남자.

종리혜의 시선에 전영의 얼굴이 각인처럼 파고든다.

파아아아악!

‘큭!’

종리장준은 눈앞에서 터지는 섬광의 파편에 눈살을 찌푸리며 한 걸음 물러섰다.

욱신.

손 안에 감기는 진동은 어깨를 출렁이게 한다.

‘무겁군.’

눈앞의 허공이 일그러질 정도로 파괴력 또한 일품이다.

‘하나……’

끝이다. 없다. 더 이상 전영의 머리 위를 수놓던 백광의 막대기는 모두 사라진 상태.

추아아악!

공간이 찢어지는 소리가 광장을 휘돈다.

기세가 만만치 않다.

숨 돌릴 여유 없이 검폭에 풍압을 실은 종리장준의 일검이 전방의 대기를 수직으로 갈랐다.

푸스슥!

그러나 전영의 우수가 쥐어졌다 펴지는 순간 대기를 가르는 기세가 허무하게 소멸됐다.

텅!

그 즉시 종리장준의 신형이 전영을 향해 희뿌연 잔영의 꼬리를 물고 폭사되었다. 또 어떤 괴공이 발휘될지 모르니 찰나의 여유도 주지 않을 심산. 수세를 공세로 바꾸는 시점이기도 했다.

쩌정!

얇은 검신의 충돌음이 무거운 충격음을 허공에 수놓는다.

쩡! 쐐애액! 쩌어어엉!

이어진 접근전은 그동안의 수세를 만회하겠다는 종리장준의 의지가 불꽃을 튀긴다. 그 불꽃에 담긴 수만의 변초가 노고수의 일방적인 공세에 힘을 더한다.

쩡! 턱!

전영은 하단을 쓸어오는 종리장준의 검을 막는 즉시 퇴보를 밟아 거리를 벌렸다. 딱히 접근전이 불만은 아닌데 언제부터인지 모르게 자신은 이런 땀나는 급박함을 싫어했던 것 같다. 그래서 거리를 벌리고 싶다.

'어딜!'

그러나 종리장준의 검봉은 그와의 거리를 일 검 반 폭 이상 벌려주지 않았다.

치르르릉!

날카로운 검명이 날카로운 음색을 밤하늘로 뽐내 올리며 순식간에 십여 초를 흘려보낸다.

그리고,

쩌정!

전영의 눈동자에 심각함이 떠올랐다.

'무……'

쐐애액! 쩡! 쩌정!

'…겁네.'

다변의 가벼움에 전보다 한층 육중한 무거움은 두말할 것도 없다. 이제 종리장준의 검격엔 초절정고수의 암격까지 실려 있었다. 게다가 그의 검신엔 언제부터인지 모르게 뿌연 막까지 둘러쳐져 있었다.

후우우웅—!

마주침 없는 검날의 교차점에서부터 전영의 머리 위쪽 대기가 후끈 달아오른다. 멀찍이 떨어져서 구경하는 일남일녀의 목이 절로 움츠러들 정도로 일격파산의 기세가 서슬한 꼬리를 물고 있었다.

'이거 또 이거… 당연히 피할 줄 알고 이러시는 거……!'

쩌어어엉!

'큭!'

손목의 시큰함이 어깨를 타고 머릿속까지 강도 높은 공진을 울린다.

충격의 강도가 전과 확연히 다르다.

삼분의 일.

비무 전 종리장준이 말했던 본 실력의 삼분의 일은 아닌 것이 분명했다.

촤아악! 쩌정!

내리찍는가!

‘윽!’

비무라 하기엔 너무 살벌한 참격에 전영의 눈썹이 사납게 휘어졌다.

‘정말 끝까지…….’

쩌어엉!

‘큭! 해… 해보시겠다 이거지요!’

상대에 맞춘다.

삼분의 일이 아니면 이쪽도 삼분의 일이 아니면 된다.

텅—! 파아아악!

전영의 신형이 후방으로 튕겨지자 속보로 따라붙는 종리장준이었다.

‘도망치게 놔둘까 보……?’

턱!

그런 그의 걸음이 돌연 멈춰졌다. 미처 전영과의 거리를 자신의 거리로 좁히지 못하고 끝을 맺었다.

‘……!’

그리고 하늘로 향한 종리장준의 시선.

그곳에 가득 담겨 있어, 그의 눈가에 경악이 물들어 있었다.

‘이… 이 무슨…….’

안 떨어진다.

전영의 신형이 후방으로 도약을 접해 바닥에 안 떨어지고 그대로 허공에 멈춰 서 있었다.

그뿐이 아니었다.

터벅, 터벅.

올라선다.

계단을 올라가듯 한 발 한 발 허공을 밟고 상공으로 올라서기까지 하고 있었다.

턱.

그렇게 이 장…….

지면에서 그 간격을 두고 천공(天空)에서 지상(地上)을 내려다보는 전영이었다.

"처, 천상제!"

종리사유의 입에서 저도 모르게 경악성이 터져 나왔다.

신법의 화룡정점을 목도함에 비무 관전을 들키지 말라던 아비의 명을 싹 잊어버린 그였다.

두 손을 가슴에 모으고 있는 종리혜의 눈가에도 도저히 믿을 수 없는 떨림이 태풍처럼 번져 나오고 있었다.

'마… 말도 안 돼!'

당연하다.

이제껏 강호상에 천상제를 시전한 사람은 없으니까. 공력이 하늘에 닿은 육천무제라 해도 그 한계만은 초월하지 못했다고 들었으니까.

이 말은 곧 인간으로 태어난 이상 입으로 말은 할 수 있어도 몸으로 실천할 수는 없다는 뜻이었다.

모든 무인들이 그 부분만은 만장일치로 인정하는 바였다.

신보(神步).

신에게 가는 걸음. 그것이 바로 천상제였다.

그런데.

"어… 어떻게……."

보름달의 반쪽을 떡하니 가로막고 있는 저 인간. 허공에 둥둥 떠 있는 저 인간은 뭐란 말인가!

"혜… 혜아야……."

오늘따라 유난히 달빛이 어둡다.

"꼬… 꼭 잡아라."

안 그러면 오라비 죽는다는 종리사유의 애절한 눈빛에 종리혜는 왜냐고 물을 생각도 없이 연신 고개만 끄덕였다.

"허허……."

종리장준의 입에서도 연신 기막히다는 탄성이 토해졌다.

"허허. 넓다, 넓어. 강호는 정녕 넓구나!"

과연 저 기예가 천상제인가?

딱히 그렇다, 아니다 하는 의문을 가질 생각 자체도 들지 않는다. 이미 말도 안 되는 괴공과 염력을 보았으니 저 또한 새삼 무에 그리 신기할까.

하지만 반추한 세월 자만하진 않았으나 자만할 위치에 오른 노고수의 눈으로도 그 역량을 잴 수 없는 괴물은 있기 마련.

위로는 육천무제가 그러했고, 옆으로는 이십사절이 그러했다.

그러나 와호장룡이라 했던가.

첫 패배를 안겨준 사도와 이제 갓 약관을 넘은 눈앞의 청년은 또 어떠한가.

절대 자신의 아래가 아니며, 그중 한 명은 이미 검증된 사실이다. 그리고 또 한 명은 올려다보는 지금의 시선으로 서로의 격차를 대변하고 있다.

"…격세지감이라 했는가."

새삼 강호의 넓음을 확인하는 노고수의 가슴에 허한 바람이 이는 것도 무리는 아니요, 지난 전설이 물러가고 새로운 전설이 만들어지는 시기. 지금이 그 변화의 시발점임을 어렴풋이 감지하는 종리장준이었다.

착―

그의 검봉(劍鋒)이 바닥을 향했다.

"……?"

여전히 허공에 둥둥 떠 있는 전영의 의뭉스런 표정에 종리장준은 고개를 절레절레 흔들었다.

"그만 하지."

얼마 만일까.

"더는 고개가 아파서 싸울 수가 없으이."

스스로 패인을 자인하는 것이.

그럼에도 종리장준의 얼굴엔 패색의 씁쓸함 같은 것은 전혀 깃들어 있지 않았다.

'광명을 보았으니 그걸로 충분하지 않은가.'

자존심을 회복하는 길에 후광이 비춘다.

그 여명의 끝에 보름달을 등진 전영이 있었다.

이틀 후.

종리세가의 정문을 통해 마차 한 대가 빠져나가고, 꼬리를 배웅하는 이남일녀의 눈동자엔 저마다 새벽 안개를 가르는 열망이 가득했다.

'가문의 명예를.'

'아버님의 자존심을.'

'꼭 회복하시어……'

종리혜의 두 손이 가슴께에 모아졌다.

'…돌아오세요.'

제 6 장

중첩인연 강호

쨍 그랑—!

"어멋!"

뜨거운 찻물이 치마폭을 적시자 화들짝 놀라는 여인의 소
성에, 맞은편에 앉은 중년의 입가로 고거 '쌤통' 이라는 실소
가 그려졌다.

"그러기에 밥상머리에서 장난치지 말라지 않았더냐?"

"아이, 숙부님은. 지금 그게 문제예요?"

치마폭을 털어내는 여인의 눈가엔 짜증이 가득하다.

"갈아입을 옷도 없는데……."

"허, 여빌이라면 뒤에 널려 있지 않느냐?"

중년의 시선이 여인의 뒤편을 응시했다. 벽면으로 비단옷이 족히 십여 벌은 걸려 있다. 모두 여인의 옷이었고, 색색으로 그 화려함이 고급 재질과 맞물려 '나 고가의 옷이야' 하고 있었다.

지난 여행길, 다섯 벌이 늘어난 수량이었고, 접으면 주름이 생긴다고 했던가. 저것들 때문에 애초 둘이 타기엔 넉넉했던 마차가 언제부터인가 비좁아진 지 오래였다.

"다들 한 번씩 입었던 옷이잖아요."

흘깃 벽면에 걸린 옷들을 훑어본 여인이 불퉁하게 입술을 내밀었다.

"그래서? 저것들은 안 입고 버리기라도 하겠다는 것이냐?"

혹여 그럴 심산이라면 뭐 하러 벽에 걸어놨는지도 묻고 싶은 중년인이었다.

"그건 아니지만……."

여인이 입술을 비쭉이며 말했다.

"어쨌든 점소이를 불러야겠어요."

"……?"

"치워야 하잖아요."

중년인의 의문스런 눈길에 여인의 시선이 방바닥을 향했다.

엎어진 찻잔과 찻물이 주위에 흘러 있었지만 점소이를 부를 정도는 아니었다. 그저 찻잔 치우고 행주로 물기 한번 닦아내면 될 일이었다.

'고작 그런 일로 점소이를 부르겠다는 말인가?'

중년인은 호의호식하며 살아온 것도 모자라, 모든 일에 딴 손을 부리려 하는 조카의 당연하다는 말투에 싸대기 한 방 날리고픈 충동에 사로잡혔다.

지난 이십 년간 의형으로 모신 형님의 금지옥엽만 아니었다면, 지금처럼 충동만으로 그치지 않았을 것이다.

'허, 어찌 용봉의 결합에 이런 미꾸라지가 태어났는지.'

본 성격이 악(惡)한 것은 아니다. 불쌍한 사람을 보면 눈물 흘리고, 배고픈 사람을 보면 그냥 지나치지 못하는 측은지심이 풍부한 아이다.

손수 기저귀 갈아주며 키워왔으니 누구보다 조카의 성격을 잘 안다고 자부하는 중년인이었다.

단지 부모가 너무 오냐오냐 키운 것이 문제랄까.

발맞춰 가문의 세력이 번창일로를 내달린 시기도 조카의 머릿속에 '자신은 특별하다' 라는 인식을 심어주는 데 단단히 한몫을 했다.

그로 인해 부족한 것은 없고, 모든 것이 말만 하면 눈앞에 대령되는 어린 시절을 보낸 조카. 지금도 그 호사는 쭉 이어지고 있다.

천상천하 유아독존.

이 말이 다른 곳에 있는 것이 아니었다.

“앉아 있거라.”

중년인은 자리에서 일어나려는 조카를 손짓으로 제지하며 본인이 일어나 문지방 앞에 놓인 행주를 집어 들었다.

그리고는 조카 옆에 떨어진 찻잔을 상에 올려놓고 방바닥의 물기를 닦아냈다.

그동안 여인은 언제 마르나 싶은 얼굴로 물기 젖은 치마폭만 내려다보고 있었다.

악희명.

여인의 이름이었고, 현 남도맹의 맹주이자 칠대세가의 한 축인 산동악가의 가주 악군성의 금지옥엽이 그녀의 태생과 신분이었다.

반면, 방문을 열고 행주를 짜낸 뒤 다시 밥상머리 앞으로 다가와 앉는 중년인.

일섬사사(一閃死使) 소청악.

쾌검의 달인으로 이십사절의 칠사에 속한 초절정고수가 바로 그였다.

이십 년 전, 악군성과 의형제를 맺어 지금의 산동악가를 칠대세가의 수위에 올려놓은 장본인이기도 했다.

현재 그는 바쁜 형님을 대신해 조카의 혼담과 관련, 대부(代父) 역할과 호위 임무를 겸해 남궁세가의 신년 행사에 초대, 지금은 장봉현의 한 객점에 투숙, 다시 산동으로 돌아가는 중이었다.

“어르신, 휘입니다.”

그가 다시 식사를 시작하려는 찰나, 방문 밖에서 인기척이 들려왔다.

동시에 악희명의 고개가 번쩍 치켜들리자 소청악이 눈살을 찌푸렸다.

‘숙부가 행주질할 때는 고개만 숙이고 있던 녀석이⋯⋯.’

조카의 철없는 행동이 영 못마땅한 소청악.

그래서일까?

“다 늦은 밤중에 어인 일인가?”

소청악의 목소리엔 이제 자야지 하는 인상이 풀풀 풍겼다.

“그, 그게⋯⋯.”

문밖에선 뻔한 목적. 어떻게 둘러댈까 싶은 조바심이 느껴진다.

꼬물꼬물.

눈앞에서도 그 조바심이 괜한 손가락 엮기로 호응하고 있었다.

아무리 철이 없다 해도 다 늦은 시각, 숙부 앞에서 외간 남자와의 외출 허락을 먼저 말 꺼낼 정도로 뻔뻔하지는 못한 악희명이었다.

‘이런 걸 보면 예절 교육이 부족했던 것도 아닌데⋯⋯.’

어른 무서워할 줄 안다. 그 폭의 한계가 제 부모와 소청악 본인을 포함 몇몇 어른들에게만 제한되어 있다는 것이 문제였다.

‘거참.’

이런 녀석이 시집을 간다니 벌써부터 걱정이 된다. 조카의 시집살이가 아닌 그녀의 버릇없는 행실로 인해 형님 가문의 위명이 좀먹을까 싶어서이다.

‘형님과 내가 이 자리까지 어떻게 올려놓은 악가의 위상인가.’

따지고 보면 형님의 아버님이신 어르신의 역할이 가장 컸다. 그렇다 해도 형님과 자신의 역할 또한 그에 못지않다 자부하는 소청악이었다.

어쨌든 조카가 태어나기 전에는 칠대세가의 언저리에도 끼지 못하는 악가였다.

솔직히 이전 산동의 패주였던 황보세가의 눈 밖에 나지 않으려 빌빌대던 기억이 엊그제다.

그런 가문을 어르신이 반석 위에 올리시고, 밑으로 두 남자의 열정과 패기가 만나 지독한 기득권 층의 편협을 뚫고 지금에 이르렀다.

검중지가.

더 이상 남궁세가를 가리키는 말이 아니다.

악가평천하.

세상은 이제 산동악가를 중심으로 돌아간다. 적어도 남도맹 세력권 안에서만은 확실히 그러했다.

아닌 말로 남궁세가의 둘째도 성에 차지 않을 정도임에 현재 악가의 위상이 어떠한지 말해 무엇 하리.

그래서 더더욱 조카의 행실과 그 여파가 걱정이요, 반대로 천만다행이다.

조카 위로 형님을 닮은 아들이 하나 있다는 점이.

문무겸전.

씨도둑은 못한다고, 어쩌면 생긴 것도 형님의 젊을 적과 그리 똑같은지.

'명이 그 녀석이라도 없었다면……'

어르신과 형님, 이렇게 이대(二代) 영화로 그칠 산동악가의 성세를 소청악은 두고두고 아쉬워했을 터이다.

"수… 숙부님……"

악희명이 고개를 푹 숙이고 어렵사리 입을 열자, 소청악은 그때까지 들고 있던 젓가락을 내려놓았다.

"후―"

그가 대답 대신 나직이 한숨을 내쉬었다.

'그래, 어차피 출가외인이 될 아이, 곁에 있을 때나 귀여워해 주지 언제 그러겠는가.'

앞서도 말했듯, 손수 기저귀를 갈아주며 키워온 아이다. 형수님은 딸아이 돌이 지나자마자 돌아가셨고, 형님도 가문의 확장일로 시기와 맞물려 딸에게 정을 줄 시간적 여력이 없었다.

오라비라고 하나 있었지만 그 아이 역시 두 다리로 설 때부터 다음 대를 이끌어갈 악가의 차세대 가주 교육에 세상 둘째 가라면 서러울 정도로 바쁘게 보냈다.

그렇다고 가장 여유가 남아도는 어르신께서 손녀를 귀여워해 줬냐?

'방랑벽이 워낙 심하시니······.'

어느덧 '잠깐 바람 좀 쐬다 오마' 하고 세가를 나선 지 일 년이 다 되어간다. 그전에도 그랬고, 그 이전에도.

그런고로 인격의 형성 과정에 지대한 영향을 미치는 어린 시절, 악희명은 혈육의 정을 전혀 못 받고 자랐다고 할 수 있었다. 지금의 철없는 행실을 무작정 탓할 수만은 없는 이유가 바로 그 때문이었다.

'어찌 보면 이 정도만 해도 다행인 건가.'

이런 생각에 소청악은 더 이상 심술을 유지할 수가 없었고, 항상 그래 왔기에 새삼스러울 것도 없었다.

'그놈의 정이 뭔지, 쯧.'

소청악은 속으로 혀를 차며 말했다.

"너무 늦지는 말거라."

"예."

"그리고······."

드륵.

빠르다. 아직 주의 줄 게 남았는데 벌써 방문을 열다니.

드륵.

그것도 모자라 섭섭하게 가타부타 뒤도 안 돌아보고 문을 닫는다.

"……."

순식간에 홀로 남은 소청악.

"허허……."

그의 입에서 허탈한 웃음만 공허하게 흘러나왔다.

여자들이 좋아하는 남자의 얼굴형은 어떤 걸까?

개인마다 편차는 당연히 있을 테고, 개중에는 미남을 싫어하고 추남에게만 눈이 가는 여자들도 있을 테다.

특이하게 노안(老顔)을 중시하는 여자도 있겠지?

하지만 대부분의 사람들이 예쁜 것을 좋아한다는 통념하에, 남궁휘는 분명 여자들이 아주 좋아하는 얼굴형을 지니고 있었다.

부가적으로 유한 눈매까지 지니고 있어, 보호 본능까지 불러일으킨다는 장점도 지니고 있었다.

몸매는 또 어떠한가.

우선 훤칠한 신장이 평균을 훌쩍 넘어선다.

길쭉길쭉한 팔다리는 기본이요, 듬직한 가슴팍과 널찍한 어깨는 벗겨(?)놓았을 때 더욱 빛을 발할 듯하다.

악희명이 애초 자신의 혼담에 시큰둥한 반응을 보이다가,

직접 상대를 대면하고 나서 기존의 입장을 백팔십도 확 바꾼
이유가 바로 거기에 있었다.

"호호호호!"
자신들이 머무는 평월루 뒤편 후원을 거닐며 남들 다 취침
에 들어갈 시각, 연신 호호거리는 악희명이었다.
그녀의 반응에 남궁휘도 신이 났는지 계속 재있는 소재를
생각해 내기에 여념이 없었다.
악희명을 바라보는 눈길 또한 호의가 가득했다. 익히 악희
명의 안하무인격 오만방자한 성격을 귀동냥 삼아 들어서 알
고는 있었지만 만나보니 제 딴엔 봐줄 만한 모양이다.
제멋대로인 성격과 달리 오직 미(美)로만 똘똘 뭉친 그녀의
외모가 그중 제일이라.
위치가 위치인지라 웬만한 미인들은 죄다 보긴 했으나 악
희명의 미모는 분명 그녀들보다 한 수 위였다.
거기다 동등한 위치.
'아니지, 아니야. 삼십 년 전부터 기울어진 저울추가 지금
에 와서는 완전히 기울어졌지.'
뭐… 아무튼 본인의 가문보다 상위에 놓인 상대 집안의 여
식이다 보니 자신을 대하는 다른 여인들의 허례허식이 전혀
없었다. 좋으면 좋고 싫으면 싫다고 딱 부러지게 대놓고 말한
다.

그 행동들이 남궁휘에게 신선하게 다가왔다.

관심을 증폭시키는 요인이었고, 손수 상대편 집까지 배웅해 주는 선심을 쓰게 만들었다.

그렇게 선남선녀의 마냥 즐거운 연애 시간이 이어지는 와중.

“…응?”

남궁휘의 입에서 의문성이 튀어나왔다.

“왜 그러세요?”

남궁휘는 연유를 묻는 악희명을 바라보며 손가락으로 정면을 가리켰다.

“먼저 차지해 버렸군요.”

“예?”

남궁휘의 손가락을 따라간 악희명의 눈에 대략 십 장 정도 건너편에 세워진 아담한 정자가 들어왔다.

정자는 반경 세 평 정도의 크기로 대리석 계단 위에 고풍스런 흑단의 원목 자재로 세워져 있었다. 양쪽 처마 밑으로 홍등이 걸려 있어서인지 그곳만이 어둠을 피해 붉은 색조로 연하게 빛나고 있었다.

그 안에는 먼저 온 손님이 가벼운 술안주와 함께 홀로 고독을 씹고 있었다. 연인들의 긴밀함을 더욱 끈적끈적하게 만들어줄 대화의 장소에서.

남궁휘는 어쩔 수 없다는 표정이었으나 악희명은 그러질

못했다.

"미리 얘기 안 했나요?"

이 시간 둘의 만남은 이미 약속되어 있었다. 그 장소로 정해진 곳이 이곳 후원에 마련된 저 앞 정자였다.

객점 주인에게 미리 말도 해놓았고 만만치 않은 뒷돈도 챙겨주었다. 이제 와 그 돈이 공돈으로 화하자 까칠한 성격을 숨기지 않는 악희명이었다.

남궁휘가 약속은 했으나 이리된 것 어쩌겠냐고 달래보았으나 '네' 하고 수긍한다면 그 또한 악희명이 아니다.

"지금 수중에 돈 있어요?"

"돈이요? 예, 몇 푼 지니고 있긴 한데……."

"그럼 됐어요."

성큼 정자 쪽으로 걸음을 내딛는 악희명.

그 뒤를 남궁휘가 설마 하는 표정으로 뒤따랐다.

남자의 얼굴은 무표정했다.

대충 서른 줄? 아니, 이십대 후반인가?

매서운 기운이 감도는 날카로운 콧날이 인상적이었으나 딱히 특이할 만한 외모는 아니었다.

그가 앉아 있는 옆 의자에는 겨울 삭풍을 감안한 흑풍의가 반듯하게 접혀진 채로 놓여 있었다.

전체적인 행색으로 보아 이런 곳에 드나들 정도로 부유해 보이지는 않았다.

'……?'

그렇게 남자를 훑어보던 남궁휘의 눈에 색다른 이채가 흘렀다.

밤중이라 그런 건지 홍등의 빛깔 때문인지 남자의 눈동자 색깔이 순간적으로 홍광을 띠어서이다.

뒤로 넘겨 대충 조여 맨 머리카락도 적갈색 비스름한 빛을 띠고 있었다.

그뿐이다.

남궁휘는 자신들의 무단 침입(?)에도 무관심을 유지하는 남자를 훑어보던 시선을 거두며 가볍게 숨을 들이쉬었다.

'무인은 아니군.'

낯선 이를 대함에 무의식적으로 무인인지 아닌지를 먼저 살피게 된다. 병이라면 병이었고, 강호를 사는 모든 무인들이 동일하게 앓고 있는 질병이기도 했다.

어찌 되었든 남자에게서 느껴지는 기감은 무척 희미했다. 보통 인간이 태어날 때 지니고 죽을 때 소멸되는 평범한 수준을 맴돌았다.

혹여 내공을 갈무리했다고 보기에는 외견의 연배상 무리한 요구였다.

무릇 고수를 알아보는 가장 보편적인 방법인 태양혈이 튀어나온 것도 아니요, 눈동자에 정광이 비치는 것도 아니었기 때문이다.

결과적으로 먼저 온 손님은 '민간인' 이라고 결론 짓는 남궁휘였다.

"주세요."

그가 옆으로 고개를 돌리자 악희명이 손바닥을 내밀고 있었다.

악희명이 추궁하듯 말했다.

"뭐 해요? 돈 말이에요."

"아……."

설마 했거늘 정말 돈 줘서 쫓아버리겠다는 심산인가 보다.

"여기 있습니다."

악희명의 행동에 남궁휘는 내심 씁쓸함을 느끼며 품속에서 작은 꾸러미를 꺼냈다.

'하긴, 모로 가도 황도만 가면 된다 했으니.'

그냥 내쫓는 것이 아니다. 자신들에겐 푼돈이지만 남자의 행색상 그에게는 거금이 될 만한 금액으로 자리 교체를 해달라는 것이다.

어쩌면 상부상조의 거래가 될 수도 있기에 남궁휘는 딱히 말릴 생각도 없었다.

그러나,

말렸어야 했다.

그것도 필사적으로.

"…늦는군."

조카가 방을 나서고 이각이 지나가자 소청악은 내심 초조함을 느꼈다.

따지고 보면 그리 긴 시간은 아니었지만 야심한 시각이라는 것이 그의 노심(老心)을 동하게 만들었다.

"이 녀석들이 설마……."

무슨 생각을 하는가.

휙휙—

소청악은 곧바로 고개를 내젓더니 턱을 주억거렸다.

"아무렴. 아무리 젊다 해도 분위기에 휩쓸릴 정도로 수양이 얕은 아이는 아니지."

조카가 아닌 남궁휘를 믿는다.

"크음."

그래도 혹시나 싶은 건가?

"대체 어디까지 간 게야?"

소청악은 자리에서 일어나 방문을 열었다.

뽀득—

객점 밖으로 나오자 세상은 온통 하얀 도화지 속에 파묻혀 있었다.

소청악은 반 각여 객점 주위를 서성인 끝에 후원으로 갔나 싶어 발길을 옮겼다.

그런 그의 발걸음이 후원의 뜰에 들어서는 순간 멈춰졌다.

전방에서 느껴지는 기감.

'고수!'

노안의 주름진 눈매가 어둠 속 붉은 기운에 집중되었다.

단순히 느껴지는 기운은 극미하다. 하지만 극소의 기운에 가려진 무궁한 거력이 엿보인다. 자신의 수준이 아니면 알아볼 수 없을 정도로 잘 정제된 기운.

그렇듯 자신의 시선을 집중시킨 인물 우측으론 악희명이 서 있었다.

한데 이상하다.

'술을 따르는가?'

안력을 집중하니 분명 자신의 조카가 남자에게 술인지 차인지를 따르고 있었다.

'아는 사람인가?'

그렇다 해도 뭔가 이상하다. 자신의 조카는 결코 친인과 자신을 제외, 다른 이에게 손수 차를 따라줄 정도로 예의가 바른 아이가 아니었기 때문이다.

'하면 억지로 따르는 것인가……!'

그런가 보다.

술인지 차인지를 따르고 한 발 물러서는 조카의 등 뒤로 이제야 보인다. 멀쩡한 의자를 옆에 두고 바닥에 주저앉아 있는 남궁휘의 신형이.

자세 또한 기묘한 것이, 본인의 의지가 아닌 전신의 무력감으로 인해 차라리 널브러져 있다고 보아도 무방할 정도였다.

이는 소청악 자신이 생각했던 사고와 조금은 다른 성격의 사고가 발생했다고 보기에 충분한 상황 증거였다.

'……!'

순간 소청악과 남자의 시선이 허공에 엮였다.

일각 전.

"자요."

툭―!

"딴 데 가서 마셔요."

전낭을 탁자에 던지듯 내려놓은 악희명의 요구엔 상대방에 대한 예의라곤 눈 씻고 찾아봐도 없었다.

그러나 전낭의 묵직함이 만만치 않아서일까.

"……"

아무런 말이 없는 남자였다. 여전히 얼굴은 무표정했으나 기분 상한 표정도 아니었다.

"이런 곳만 아니라면 몇 달은 놀고먹을 수 있을 거예요."

악희명의 거래 조건에 그제야 남자의 시선이 힐끗 탁자에 놓인 전낭 꾸러미를 바라봤다.

"실례인 줄은 알지만 양해를 부탁드립니다."

그 행동에 남궁휘가 가볍게 턱 끝을 오므리며 고개를 숙였다. 사뭇 예의가 바른 것이 악희명과는 대조를 이룬다.

그가 나이에 어울리지 않는 후덕한 인상을 만면에 자아내며 말을 이었다.

"독배를 더 하실 요량이라면 안쪽에 따로 자리를 마련해 드리겠습니다. 물론 원하시는 대로 즐기시기만 하시면 됩니다."

계산도 해주겠다는 남궁휘의 말에 남자는 처음 그대로요, 악희명은 과분한 허례를 내세운다는 표정으로 얇은 입매를 씰룩였다.

"어차피 우리가 먼저 예약한 자리, 돈도 주겠다는데 따로 대접까지 해줄 필욘 없지 않나요?"

여차하면 가벼운 실력 행사로 손쉽게 해결 볼 수 있는 일을 말이다.

이렇듯 같은 명가라 해도 배움을 따르는 사람에 따라 그 차이가 극명하게 갈리는 일남일녀였다.

그릉—

남자가 의자를 반쯤 밀어내며 자리에서 일어났다. 거래 조건에 응하는 것인가?

털벅.

아니다. 엉덩이에 묻지도 않은 먼지를 털더니 다시 앉는다.

"뭐 하는 거지요?"

악희명의 목소리가 앙칼스레 변했다. 놀림을 당했다고 생각한 것이다.

남궁휘도 상대편이 자신의 말에 호응해 주는 줄 알았다가 그게 아니자 가볍게 쓴웃음을 지었다.

남자는 그런 일남일녀를 쳐다보지도 않고 마주한 자리, 처음으로 입을 열었다.

"후— 하."

웃음인가, 아니면 한숨인가?

메마른 남자의 단음에 악희명의 눈꼬리가 쳐들렸다.

"지금 그 행동… 무슨 뜻이지?"

반말로 변한 그녀의 말투에는 놀림을 당했을 때의 불쾌감이 고스란히 배여 나왔다.

"비웃은 거야?"

그리 느껴서이다.

"화— 아?"

아랑곳하지 않고 또다시 입을 연 남자의 이번 목소리에는 신기한 것을 보았을 때의 여운이 전해졌다.

마침 그의 시선은 정자의 처마 끝을 향해 있었고,

내린다.

하얀 눈꽃이 한 송이 두 송이, 남자의 홍갈색 눈동자를 백색으로 수놓고 있었다.

“스노우(Snow).”

남자의 입이 연이어 열리자 일남일녀의 눈에 모호함이 스쳐 갔다.

“이 사람이 지금 뭐라고 하는 거야?”

가뜩이나 무시하는 모양새도 못 봐주겠는데 요상한 말을 지껄이기까지 하다니.

“욕한 거야?”

악희명의 눈매가 팍 일그러졌다.

“그런 것 같진 않은데…….”

남궁휘의 표정에도 말과 달리 불쾌한 기색이 스쳐 갔다.

털썩.

그가 가타부타 남자의 맞은편 의자에 앉으며 말했다.

“형장께선 이쯤 해서 사정을 이해해 주셨으면 고맙겠소.”

존대는 여전하나 그의 목소리에는 엄포성 기운이 담겨 있었다.

이만하면 기본적인 예의도 지킬 만큼 지켜주었으니 괜히 고집 피우다 험한 꼴 당하고 후회하지 말라는 투였다.

그와 함께 은근한 내력도인도 이루었다.

일 년 전, 절정의 문턱을 넘은 그의 수준임에 가벼운 내력의 방사라 할지라도 일반인에게는 태산에 매몰되는 중압감을 느낄 터.

스윽.

입질이 왔다.

남자의 시선이 마주한 자리, 처음으로 남궁휘를 향했다.

후들—!

동시에 남자의 눈을 마주한 남궁휘의 무릎이 한차례 들썩였다.

불꽃!

남자의 눈에서 거짓말처럼 요원의 불길이 피어올라 화살처럼 자신의 눈으로 파고들 것 같은 착각을 느껴서이다.

'무슨……?'

본능적으로 시선을 피한 남궁휘의 눈가에 이번엔 의아함이 일었다.

통—!

맑은 음향과 함께 남자의 한 손에 쥐어진 술잔에서 한 방울의 내용물이 허공에 솟아오른 것이다.

"후—"

남자는 그 즉시 눈앞에 떠오른 물방울을 향해 입김을 불었다.

핑—!

"큭!"

물방울은 그대로 남궁휘의 목울대에 적중, 그의 입에서 새된 목소리를 터져 나오게 만들었다.

쿵—!

촌각 뒤로 남궁휘의 신형이 뻣뻣하게 엉덩방아에 찧자,

"까―악!"

악희명의 어리둥절한 비명이 고요한 정적을 찢었다.

"따라."

그리고 시큰둥한 표정으로 반쯤 남은 술잔을 악희명 쪽으로 들어 올리는 남자였다.

그의 표정은 점차 무료함으로, 애초의 그것으로 돌아갔다.

"……."

정자 주위는 다시 눈이 쌓이는 소리를 제외한 고요함으로 물들어갔다.

'고작 이 정도였나?'

이곳에도 눈이 내린다는 사실에 묘한 감흥이 인다.

그런 가운데 자꾸 귀찮게 앙앙대는군.

잠시나마 그 벌주 삼아 여흥을 베풀었더니 돌아오는 인사도 없고 말이야. 한 수 하는 줄 알았는데 말이지.

'…응?'

그러나 실망한 것에 대한 조급함을 탓하는가.

저벅저벅.

다가온다.

생사의 덤불을 수십, 수백 번 짓쳐 온 묵직한 발걸음이.

'호오?'

저만한 마나를 가진 이를 이런 곳에서 만나다니.

'확실히 이곳은 별천지군.'

한 다리 건너면 또 다른 강자가 득실댄다.

'늦게라도 역시 오길 잘했어.'

마침 허탕 친 것도 있고 하니 그 대타로 받아주기에 안성맞춤이다.

그릉—

밖에서 맞이해 주는 것은 저기 널브러진 녀석이 귀찮게 운운하던 예의겠지.

"후하—"

입 안으로 들어오는 눈꽃의 달콤함이 점점 차가워진다.

턱—!

소청악의 걸음이 정자를 오 장 정도 앞에 두고 멈춰 섰다.

'마중을 나오는 겐가?'

거리가 가까워질수록 소청악의 눈가에 의아함이 짙어졌다.

'…어려.'

자신을 동하게 만든 거력의 느낌에 비해 상대의 외견이 너무 어리다. 삼십 줄이나 들었을까?

‘쯧쯧, 노파심에 상대의 역량을 파악하는 눈도 흐려진 건
가 보군.’

소청악은 이런 적이 없었기에 웬일인가 싶은 기분으로 가
볍게 혀를 찼다.

‘그나저나, 표정이 왜 저러누?’

이제 상대도 걸음을 멈춘 상태이다.

서로 간의 거리는 삼 장 정도.

그 너머, 자신을 바라보는 조카의 눈에는 본인이 왔음에도
안도하는 기색이 전혀 담겨 있지 않았다.

도리어 떨린다. 불안감이 한가득이다.

왜……?!

‘숙부를 걱정하는 게냐?’

그런 것처럼 보인다.

“허!”

소청악의 허탈한 한숨이 하얀 김을 내뿜었다. 조카의 숙부
에 대한 믿음의 깊이가 고작 저 정도였다는 것에, 한줄기 이
상야릇한 분노마저 치민다.

‘네놈이 그리 만들었겠다!’

상황의 설정만 보자면 뭔가 내막이 있어 보이긴 한다.

조카가 포함된 말썽 중 거의 전부가 그녀로 인해 사단이 일
어났던 과거를 비춰보자면, 이번에도 그러겠지 하는 예상은
된다.

아무리 그래도 자신의 조카를 겁먹게 하다니.

본인에게도 잠시나마 자괴감을 맛보게 하다니.

"괘씸한 놈!"

소청악은 황가의 핏줄만 아니라면 어디 하나 부러뜨릴 심산으로 남자를 노려보았다. 쉽게 말해, 눕혀놓고 사정 청취에 들어가겠다는 뜻이었다.

"후─ 하."

그런데 버릇없이 웃어?

"오냐. 그 웃음 하나로 죄책감을 가질 필요도 없어졌으니 고맙구나."

이렇게 막이 올랐다.

뜻하지 않은 시각.

전혀 생각도 못한 장소에서.

한쪽에는 씻을 수 없는 패전의 멍에를 안겨줄 무대가.

"홀홀."

사인광의 입가를 비집고 나온 기대감이 검은 장막에 하얀 입김으로 나풀거렸다.

"넓다 넓어 구주강호라 하였거늘 오늘따라 왜 이리 좁게 느껴지누."

우연치고는 인연의 중첩이 심상찮게 꼬였다. 전방 십오 장 너머에 서 있는 두 인영이 그 중심에 있었다.

그중 하나는 익히 안면이 있다. 다른 하나는 직접 안면을 익히기 위해 찾은 인물이다.

각자 개인적인 인연과 맹의 인연을 따져 누구 하나 손해 보는 일이 없길 바란다.

달리 두 사람의 만남에 무인인 이상 흥미가 동하는 것은 어쩔 수 없음이런가.

사인광은 결과를 떠나 중재에 나서려던 생각을 접고, 평월루 삼층 처소의 창가에 턱을 괴고 관망에 돌입했다.

이 기회, 만천하에 검증이 된 이를 통해 포섭할 녀석의 실력 점검을 할 겸해서 말이다.

물론 철갑패사를 쓰러뜨린 순간, 최소한의 무력 수치를 설정해 놓긴 했지만 직접 눈으로 보고 판단하는 것과는 하늘과 땅 차이리라.

"홀홀."

하얀 입김이 창문을 넘어 칠흑 같은 어둠에 짧은 흔적을 지워 나갔다.

사박—

발치에서 느껴지는 차가움이 이와 비견될까?

소청악의 굳게 다문 입술 끝이 서리가 맺힌 듯 하얗게 발해졌고, 긴장감이 역력히 묻어 나왔다.

일엽편주.

방금 전, 물속에서 유영하듯 부드럽게 허공을 휘저은 상대의 한 수 때문이었다.

지축을 솜이불로 만들던 눈발을 강궁의 화살촉처럼 자신의 몸에 쏘아 보낸 경력의 유연함이 절대 만만치 않은 실력임을 느끼게 한다.

물론 그 정도로 어찌 될 본인이 아닌지라 간단히 옆으로 피했고, 맞았더라도 타격 또한 없었을 테다.

그럼에도 이… 심장을 따끔거리게 만드는 냉기는 뭐란 말인가?

'기척이……'

없었다. 상대의 한 수에는 예측을 떠나 아무런 기척을 느낄 수 없었다.

만약 자신의 조카나 아직까지 의식없이 널브러져 있는 남궁휘에게 이런 공격이 가해졌다면 생사가 갈렸을 것이 분명했다.

기척은 없어도 엄연한 살수(殺手).

그 정도 공격을 상대는 가볍게 선보였다.

'누구지?

저 정도 나이 또래의 강호무인 중 이전의 공격을 쉽게 맞받아칠 이는 그리 많지 않을 것이다.

"후─ 하!"

소청악의 의문스런 눈길에 남자가 또 웃었다. 한입거리

를 넘어선 먹이를 보았을 때의 육식동물의 만족감이 엿보인
다.

"좋군."

이에 지워가던, 상대가 없어 잃어가던 소청악의 호승심(好
勝心)이 간만에 끓어오른다.

남자를 바라보는 소청악의 입꼬리가 얇게 저며졌다.

무음무소(無音無笑).

음(音)이 없는 미소.

일섬사사(一閃死使).

발도의 섬에 이은 사음(死音)만이 있을 뿐이다.

지금의 소청악을 대표하는 살소의 전주곡이기도 했다.

단지,

'…아차!'

소청악의 우수가 왼쪽 옆구리에서 일순 정지했다가 천천
히 제자리로 돌아왔다.

두고 온 것이다.

방 한구석에 고이 모셔둔 검을.

나름 장법에도 일가견이 있으니 아쉽긴 하나 상관은 없다.
여타 무인들이 봤다면 궁극의 경지에 올랐다고 찬탄할 정도
는 되기에.

푸학—!

거칠게 지면을 딛는 소청악의 발치에서 하얀 눈보라가 나

선형으로 휘돌았다.

텅―!

바닥을 울리는 진각성에 거세지던 눈발이 허공에서 뿔뿔이 흩어진다.

파아아아아―

동시에 눈발이 내리지 않는 둘 간의 거리를 순식간에 좁히며 소청악의 눈앞에 신형을 들이대는 남자였다.

쓰아아악!

그의 우수가 일도양단의 기세로 소청악의 신형을 우직하게 갈라온다.

파앙!

양손을 겹쳐 막은 소청악의 눈동자가 잔 파도에 일렁인다.

'비껴 맞아도 웬만한 놈들은 피떡이 되겠군.'

묵직함을 넘어선 파력이 만만치 않다. 소청악은 그 무게에 못 이기는 척 뒤로 신형을 눕혔다.

피윳!

그의 발끝이 비조의 유연함을 담아 남자의 턱을 아작낼 듯 올려쳐진다. 발검의 기세가 고스란히 묻어나는 퇴각의 날카로움이 돋보인다.

턱―!

그러나 막혔다. 날카로움은 벽에 막히고 도리어 잡히기까지 했다.

후웅!

그것도 모자라 남자의 얼굴이 점점 희미해져 가기까지 한다.

'지… 짐짝이냐?'

자신을 정자 쪽으로 내던져 버린 것이다.

휘릭!

소청악은 표홀한 회전을 가미한 신법으로 정자의 계단에 사뿐히 착지한 뒤 가볍게 머리를 흔들었다. 멀미를 느낀 것이 아닌 어이가 없음이다.

"무식한 놈. 큼."

그가 콧김을 뿜어내며 등 뒤로 시선을 가져갔다. 두 손을 가슴에 모으고 서 있는 악희명이 보이고, 옆에는 여전히 정신 못 차리고 있는 남궁휘가 널브러져 있었다.

"걱정하지 마라. 아무렴 이 숙부가……!"

"흩어져라."

소청악은 멀리서 들려오는 중얼거림에 고개를 돌렸다.

"격화."

동시에 그의 양손이 황급히 전방을 향해 쭉 펼쳐졌다.

파아아아아ㅡ!

순간 소청악이 서 있던 정자 주위로 엄청난 백광의 발광체가 풍선처럼 부풀어 올랐다 터져 나가며 낙뢰의 눈부심을 선사했다.

콰아아아아앙!

이어서 귀청을 찢어발기는 폭음이 터져 나오고 정자의 네 기둥 중 두 쪽이 흔적도 없이 날아가 버렸다.

쿠구구궁―!

균형이 무너진다. 한쪽으로 기우는 정자가 지면의 눈발을 다시 하늘로 올려 보낸다.

"…끌끌."

일순 한 치 앞도 보이지 않는 눈발 속에서 혀를 차는 목소리가 흘러나왔다.

"다시 세우려면 돈 좀 들 터인데……."

아깝다기보다 상대의 무식한 한 수에 치가 떨린달까?

"웃― 차."

소청악은 양 옆구리에 낀 일남일녀를 바닥에 내려놓고는 정면을 응시했다.

내뻗은 주먹을 회수하는 상대가 보이고.

"이놈이 웃어?"

남자의 입꼬리가 올라가 있자 소청악의 눈매도 치켜 올라갔다.

그가 느끼기에 저 웃음은 이번 공격을 잘 막았다고 칭찬하는 것처럼 보여서다.

감히 일섬사사 이 소청악 어르신에게 말이다.

"방자한 놈!"

소청악의 한 손이 허공에 사선을 그었다.

슈악!

서로 간의 십 장 거리가 무색하게 뚜렷한 이지러짐이 남자의 눈앞으로 쇄도한다. 맞서는 남자의 휘저음도 이어진다. 찰나의 시간에 이루어지는 손속의 교환이다.

카앙―!

두 사람 사이에서 날카로운 충돌음이 퍼져 나온다. 가벼운 듯 결코 가볍지 않은 양자 간의 내력 분사에 의한 파멸음이다.

쑤욱!

그 중심으로 파고드는 소청악.

도약의 기척 없이 남자의 반 장 앞으로 넙데데한 얼굴을 들이미는 쾌속함이 일품이다.

"흐압!"

그의 쌍수에서 측량 불가의 웅혼한 내력이 구 형태를 이루어 남자의 우측 어깨 쪽으로 도도한 흐름을 탄다.

애초 사정을 봐주고 혼만 내주겠다는 기미가 전혀 보이지 않는다.

'까딱했다간 내 조카가 잔해 더미에 파묻힐 뻔했잖아!'

퍼석!

모래성이 허물어지는 소리가 밤의 정막을 거칠게 찢어낸
다. 남자의 신형이 힘없이 허공을 날았다.

쿠쿵!

이어진 추락성이 칠흑 같은 어둠에 오싹함을 더하고, 소
청악의 눈에 오 장 전면으로 눈보라가 회오리처럼 일어났
다.

무방비로 자신의 삼성 공력이 가미된 장력에 가슴을 허용
했으니 무사하진 못하리라. 못해도 평생 오른팔로 밥 수저 들
긴 어려울 터.

"큭, 같잖은 녀석."

본인이 생각해도 깔끔한 일격이다 싶었는지 소청악은 만
족스럽게 입맛을 다시며 뒤를 돌아다보았다.

그런데,

'왜 아직도 떨고 있을꼬?'

툭. 툭. 툭—

소청악은 뒷머리를 간질이는 소음에 무심결에 다시 고개
를 돌렸다.

그곳에 보인다. 전혀 타격이 없는 모습으로 옷가지를 털며
일어나는 남자가.

'외문기공의 고수였던가?'

의외라는 표정을 짓자마자 소청악은 고개를 내저었다.

조금 전 내공을 발출하여 오 장 거리를 격해 자신을 공격한

남자의 한 수를 상기시킨 것이다.

정자가 무너질 정도의 파력이 담겨 있었으니, 외문기공에선 절대 찾아볼 수 없는 내가기공의 한 수가 분명했다.

'하면 내외기공에 모두 통달한 고수?'

그러면 이해가 간다지만 보이는 외견상 바로 이해가 되지는 않는다. 뭐, 어쨌든 저렇게 멀쩡한 것을 보니.

"젊은 놈이 상당한 경지를 이루었구나."

그것만은 확실한 듯싶다. 자신의 삼성 공력이면 웬만한 절정상경고수의 전력보다 높으니까.

"후하―"

소청악의 칭찬에 남자가 어깨를 으쓱했고, 뭔가 좀 부자연스러웠다.

'큭, 그러면 그렇지.'

다시 둘 간의 거리를 좁히는 남자의 걸음이 삐끗거린다.

이유는 모르겠으나 어깨를 향한 장력의 여파가 다리로 향한 듯하다.

'쯧, 그러기에 싸대기 한 대 맞고 좋게 끝낼 것을 왜 덤벼가지고……'

소청악은 절뚝거리며 다가오는 남자의 모습에 혀를 차며 뒷짐을 지었다.

"사과만 하고 끝내도 됐을 것을 괜한 혈기로 부상을 당했으니 굳이 날 탓하지 마라."

“……..”

“끌, 젊은 놈이 저리 눈치도 없어서야. 더 이상 화를 당하기 전에 썩 물러가란 말이다!”

신형을 횡하니 돌리는 소청악이다. 한 팔이건 한쪽 다리건 남은 생(生) 살아가는 데 지장을 주기는 마찬가지. 이 정도면 조카를 겁먹게 만든 죗값으로 톡톡하다 싶은 것이다.

“…좋아.”

그러나 몇 걸음 못 가 돌아서야만 했다.

“좋아?”

소청악의 눈에 의구심이 일자 남자가 절뚝거리는 한쪽 다리를 가볍게 털어냈다.

뚜둑!

그러자 탈골된 뼈가 제자리로 돌아오는 기음이 터져 나오고 남자가 말했다.

“심심하지 않아서. 그래 봤자 이전 놈들과 비슷한 수준에 불과하지만 말이야.”

“심심? 비슷……?”

남자의 말에 의문을 표하던 소청악의 눈매가 점점 벌어졌다.

‘…착각인가?’

어째 남자의 등 뒤가 자신이 서 있는 곳보다 더욱 어두워진 것 같다.

어둠에 어둠이 쌓이면 저러할까?

그 중심에 남자가 두 팔을 활짝 펼쳤다.

끼리리릭—!

오싹한 괴음이 밤하늘에 울려 퍼진다. 남자의 몸에서 나온 또 한 번의 기음이었고,

'점점……'

더 어두워졌다. 이젠 소청악의 눈에 남자의 후면 일 장 뒤가 잘 보이지 않을 정도가 되어버렸다.

일시적인 눈의 착각이라 여기기에는 너무 진한 암흑이다. 남자의 그림자조차 명암을 지울 정도로.

'…커진 겐가?

더욱 이상한 것은 남자의 변화에 있었다.

황당하게도 남자의 신장이 처음보다 최소 반 자 정도, 덩치는 열 근이 더 나가 보였다.

무릇 눈썰미에 있어서 무인의 시각은 일반인과 같을 수 없다. 그렇기에 소청악은 오늘만 두 번째인 자신의 안목에 착각을, 본인 스스로 심히 수상쩍다 여겼다.

"이곳 놈들은 처음과 끝만 다를 뿐 꼭 물어보더군."

그런 소청악의 귓가로 어슬한 바람 소리에 앞 대목이 묻힌 남자의 목소리가 이어졌다.

"……두 번째 파편."

텅—!

“사도. 무스펠(Muspell)이라 한다.”

후악—

남자의 입이 닫히는 순간, 소청악의 눈동자 가득 지축의 눈발이 일시에 비산하기 시작했다.

“호오?”

사인광의 눈매가 근래 들어 가장 크게 벌어졌다.

“허, 괴물이로고…….”

이미 철갑패사를 쓰러뜨렸다. 그 자체로 괴물이다. 그런데 눈앞의 괴물은 또다시 일섬사사이란 절대강자를 허물어뜨리고 있었다.

그것도 변초의 기교가 배제된 순수한 힘만을 내세운 외문패공의 일변도로 상대를 찍어누르고 갈아 마실 듯 압박한다.

“…막는 것도 힘들겠어.”

어물쩍 막았다간 수족을 뿌리째 뽑아낼 압도적인 기세다. 그렇다 해서 피하는 것만이 능사도 아니었다. 패력의 여파는 상상을 초월했고 반경 십여 장 전체에 파괴력을 전달했다.

이미 후원이라 불렸던 곳은 논밭을 갈아엎은 듯 흙구덩이 폐허로 돌변해 있었다.

등 뒤로 보호해야 할 짐(?)에게 그 여파가 전해지지 않도록 하자니 소청악은 더욱 수세에 몰릴 수밖에 없었다.

그의 수세에선 물먹은 화선지가 바람에 나풀대다 곧 나뭇가지에 걸려 찢어질 것만 같은 애처로움까지 묻어 나왔다.

"꺄아아악―!"

귓가로 사람들의 비명성과 우당탕 하는 소음이 마구 뒤섞였다. 아닌 밤중에 홍두깨라고, 벼락이 치고 땅이 울리니 지들도 놀랐겠지.

사인광의 발밑으로 '여기에 평월루가 있었지?'를 암시하는 균열의 진동이 세기를 더해가고 있었다. 전방에서 벌어지는 엄청난 기의 충돌에 의한 패력의 여파로 사층 전각이 조만간 무너지려 하고 있었다.

그나저나.

"어쩐다?"

사인광의 코끝에 주름이 한 겹 자리를 잡았다.

막상 밀리는 소청악을 도와주자니 포섭하려던 이를 막아서는 꼴.

하기야 소청악과도 가벼운 안면만이 있을 뿐이다. 내세울 만한 친분이라고 하기에도 어색함에, 결국 제삼자가 끼어들어 싸움을 말리는 모양새가 사인광 본인이 생각해도 영 불만스러운 것이다.

마도련처럼 불가침조약을 내세운 사이는 아니라지만 엄연

히 남도맹의 영역이기도 하다. 괜한 분란을 조성할 필요가 없기에 더욱 그러했다.

딴엔 자신이 하는 일, 누가 탓할까만 그 피해가 고스란히 아랫것들에게 미칠 것임이 자명하기에 사인광은 한 번 더 생각하는 조심성을 기울일 수밖에 없었다.

"흐음……."

하지만 그에게 고민의 장고는 어울리지 않았다.

"우선 살려놓고 봐야겠지."

턱─

창틀에 녹아내린 눈송이의 시린 물기가 손바닥에 전해진다.

'…응?'

그렇게 창문을 통해 몸을 날리려던 사인광의 눈가에 이채가 일었다.

그의 시야 위로 어디서 나타난 건지 갑자기 허공을 가르는 두 인영이 호선을 그린 시점이었다.

그중 한 명은 바닥에 내려서자마자 소청악의 짐들이 있는 방향으로 향했고, 다른 한 명은…….

'끌끌, 또 안면이 있는 자로군.'

어째 우연치곤 중첩의 강도가 심하다.

월파(月破).

달을 가른다.

월파쌍성(月破雙星)이 이곳에 나타난 것이다.

철갑패사가 유일하게 이십사절 중 호형호제하던 인물.

왜 이곳에, 이 시점에 그가 나타났는지에 대한 의구심은 둘째 치고, 묘하게 흘러가는 상황에 사인광은 또다시 고민에 들어갔다.

'…복수인가.'

역시 장고는 어울리지 않는다. 남자의 등 뒤로 쇄도하는 월파쌍성의 쌍검이 달빛을 가르고 있었다. 의형의 죽음을 너의 죽음으로 보상받고 말리라는 비장감이 가득한 청광이 연속으로 남자의 등 뒤로 쏟아지고 있었다.

자고로 강호를 살아감에 강호인들은 두 가지 굴레에 복속된다 하여 인연과 복수가 그것이라 했다.

의형제의 인연을 맺어 이제 의형의 복수를 하려는 월파쌍성이다. 그 누구도 갑작스런 그의 살초에 손가락질할 수 없을 명분이기도 했다.

그래서!

지금까지 제삼자였던 사인광의 위치가 자연스레 사자로 밀려남과 동시에, 더더욱 중재에 나서기가 껄끄러워졌다.

'아무리 철갑패사를 죽이고 일섬사사를 몰아붙인다 해도 둘을 상대하기에는 무리야.'

이미 일섬사사를 몰아붙일 때부터 사인광은 괴물 같은 남자의 수준을 오조와 동일시했다.

그렇지만 아무리 오조의 수준이라 해도 단순한 비무가 아닌, 생사가 걸린 칠사와 십이성의 이 대 일 합격에는 삶보단 죽음의 확률이 더 높았다.

사인광의 개인적인 판단은 그러했다.

하여, 이제 싸움의 판도가 전과 달리 일섬사사가 아닌 괴물이 불리해졌기에 지금 중재를 나서게 되면 괴물을 돕는 꼴이 되어야 했다.

그 모양새가 맘에 안 드는 사인광이었다.

자칫 남도맹과 사도맹의 잔잔한 교류에 쓸데없는 풍랑을 일으킬 수 있는 명분이 될 소지가 다분했기 때문이다.

추가적으로 철갑패사와 같이 독보의 길을 간다지만 교류의 장이 죽은 의형보다는 훨씬 넓은 월파쌍성과도 얼굴을 붉혀야 한다.

이 점이 사인광에게는 더욱 중재에 나설 수 없게 만드는 요인이었다.

'쯧, 의형의 복수라는 다들 인정할 명분에 고작 인재 모집이라는 다들 인정해 주지 않을 명분으로 막아서는 꼴이니……'

욕이나 안 먹으면 다행이다.

"홀… 그럼 어쩐다."

진눈깨비처럼 내리던 눈발은 어느새 폭설의 기미를 보이고 있었다.

번쩍!

화약도 없이 폭죽이 터진다.

소청악의 눈에는 그리 보였고, 도저히 이해가 안 가는 부분이었다.

분명 인육과 쌍검의 충돌인데 왜 허공에 불꽃이 번쩍인단 말인가?

'큭!'

단지 의구심을 지속할 시간적 여유가 없다는 것이 아쉬울 뿐이었다.

쑤우웅!

대기를 가르는 공진의 파열음이 허공을 일직선으로 갈라온다.

퍼엉!

주르르륵─!

소청악의 신형이 이 장 뒤로 썰매 타듯 밀려난다. 겹자로 막은 두 팔에선 부러질 때의 고통이 느껴진다.

눈앞의 괴물은 쇳덩이도 한칼에 베어버릴 월파쌍성의 쌍검을 한 팔로 막아내고, 자신을 향해 주먹을 내뻗는 여유까지 부렸다.

이를 악물고 두 팔을 털어내는 소청악의 안색이 잔뜩 일그러질 수밖에 없음이다.

‘허, 거참.’

소청악은 얼마 만에 속이 뒤틀리는 건지 허탈한 웃음만 피식피식 흘려냈다.

때마침 월파쌍성이 나타나지 않았다면 이런 허탈한 웃음도 흘려보낼 엄두조차 없었겠지만 말이다.

부우우욱―!

더해서 생각할 여력 따위도 없었다.

콰콰콰콰쾅!

두 번째 파편인지 무주팔인지는 모르겠고, 어쨌든 본인을 사도라 칭한 남자가 양팔을 바닥으로 내리찍자 폭포수 같은 경력의 파도가 후원을 뒤엎었다.

동시에 온천의 공기 방울이 솟아오르는 듯 바닥에서 터져 나오는 무시 못할 투기를 피해 월파쌍성의 신형이 허공에 띄워졌다.

“꿰뚫어라. 격선.”

그 순간 달빛을 등진 월파쌍성의 눈동자에 일직선의 섬광이 파고들었다.

그 너머로 말아진 주먹에 검지만 치켜든 사도가 있었다.

쩌쩡! 프스스스슥―

대기가 밀려나는 육중한 파공음에 허공의 빈 공간으로 잔물결이 인다.

공중에서 반원 형태의 나선을 그린 월파쌍성의 신형은 평월루 전각을 지척에 등지고 내려섰다. 허공에서 예상치 못한 상대의 일격을 막아낸 자세치고는 안정적인 착지였다.

그러나 속내까지 차분하진 못했다. 그의 이마엔 절대 눈이 녹아서가 아닌 물기가 방울방울 맺혀 있었다.

'이 정도였으니······.'

의형의 죽음에 미치도록 분개했다. 찾아서 갈기갈기 찢어 죽이리라 마음먹었다.

그리고 지인들의 도움과 본인의 열망이 더해져 소문의 끝 자락만으로 대륙을 떠돈 결과, 두 달이라는 시간 만에 찾아냈 다.

마침 일섬사사가 그와 뒤섞여 있었지만 예의를 찾을 때가 아니었다. 앞뒤 잴 것 없이 제자에게 거추장스런 짐들의 안위 를 맡기고 본인은 즉시 끼어들었다.

처음부터 전력을 다한 쌍검에 성명절기의 초식을 풀어냄 은 돌아가신 의형에 대한 자신의 의지였다.

동귀어진을 무색케 하는 일격필살의 기세는 의형의 죽음 에 대해 자신이 느끼는 박탈감을 표현한 분노였다.

투캉―!

그런데 먹히지 않는다.

산산이 부서지는 대기의 갈라짐에, 저편 뒤쪽에서 자신을 바라보는 제자의 눈꺼풀이 감길 정도로 자신의 공격은 강력 했음에도 상대는 가볍게 막아낸다. 그것도 자존심 무지 상하게 한 팔만으로.

피리리릭ー! 꽝!

연이어 의지와 분노를 표출해 봐도 모두 막혀 버린다.

아닌 게 아니라, 뭐 이런 놈이 있나 싶을 정도이다. 온몸을 만년한철로 덧씌우기라도 했는가?

'말도 안 돼!'

"후ー핫."

후웅!

동선의 테두리 없이 그냥 내지르고 뻗고 휘젓는다. 막히면 부술 듯 밀어낸다. 안 막히면 그것대로 좋다. 지금처럼 웃으며 내지른다.

투카카캉ー!

이놈의 마찰음이 짜증난다. 어찌하여 팔과 검의 마찰에 이런 소리가 나는 거냐 말이다.

오히려 쌍검의 이빨이 조금씩 빠지고 있다. 시간이 갈수록 베는 공격의 날카로움이 얕아지고 있었다.

그렇다고 찌른다고 나은 것도 없었다.

퉁! 퉁!

철판에 검봉을 찔러대면 손만 아프다. 지금이 그러했다.

손바닥, 팔뚝 할 것 없이 저놈의 팔모가지에 모두 막힌다. 겉으로 드러난 맨살이 살색을 덧씌운 철갑보의(鐵甲保衣)라고 의심 들게 할 정도.

‘말도 안 된다니……!’

스륵!

게다가 이형환위에 버금갈 신법까지 구사하니 미칠 지경인 월파쌍성 장오국이었다.

쑤악!

허리를 찍어오는 사도의 손날에서 살풍이 기괴하게 일었다. 급히 신형을 반보 뒤로 물린 장오국이었다.

역시 고수는 고수인가. 허리의 미세한 동작 하나로 전신의 축을 앞으로 기울이며 전력을 다할 자세로 만드는 것은 순간이었다.

쑤아아악!

그의 검봉에서 줄기줄기 청광의 어림이 채찍처럼 바닥부터 하늘로 뿜어졌다. 사도의 전신 요혈이 일차 목표였다.

터터터텅!

그러나 또 막혔다.

이제 저놈의 살색 보의, 징글징글하다.

그뿐이다.

장오국은 웃으며 뒤로 신형을 날렸다.

콰아아아아!

그 순간 사도의 바로 등 뒤에서 엄청난 굉음이 터져 나왔다.

장오국의 진짜 노림수가 거기에 있었다. 이곳엔 자신이 사

도를 상대하는 동안 쌍장에 전력을 모아 발출한 소청악도 있
었다.

쿠콰콰콰쾅─!

엄청난 먼지가 일고 이제 폭설로 변한 눈발이 그 안으로 빨
려 들어갔다. 장관이란 느낌이 들 정도로 호쾌하게 무너지는
평월루였다.

"막으면 깔아뭉개는 수도 있지."

소청악의 곁으로 신형을 옮긴 장오국의 입에서 득의 어린
미소가 배어 나왔다.

만근을 훌쩍 넘는 사층 건물의 잔해에 폭삭 파묻혀 버렸으
니 인간의 피륙으론 살아남기 어려울 것이 분명하다.

하지만.

"제자의 검을 주시오."

상대는 인간이 아닌 괴물이었다.

소청악의 무거운 음색에 그를 일견한 장오국의 시선이 이
내 건너편 건물의 잔해로 옮겨갔다.

"주경아."

그의 입에서 신음성 같은 음성을 흘러나왔다.

"검을 드려라."

장오국은 '어서'라는 말을 삼키며 오만상을 찌푸렸다.

그의 눈에도 보인 것이다.

푸스스슥! 툭. 툭. 툭. 툭─

괴물은 머리에 묻은 돌가루 등의 먼지를 털어내며 잔해 속
에서 걸어나오고 있었다.

"후— 핫!"

그리고 웃는 괴물의 신형은 또다시 커져 있었다. 전보다 확
실히 커져 있었다.

제7장

고유 권한의 기준선

종리세가를 나서고 그날 저녁, 숙식을 겸해 들른 여곽에
는 손님이 하나도 없었다. 장사가 안 되는 것은 아니었다.

사도의 추적을 지휘하던 비연대주가 미리 주군이 지나는
길목, 숙식을 거할 여곽마다 도착 일정에 맞춰 일일 전세 계
약을 맺었기 때문이다.

그렇게 지나는 곳마다 여곽은 텅텅 비어 있었고, 세가를 나
선 지 팔 일째.

오늘로서 전세 계약의 효력이 종결을 맺었다.

늦은 저녁 무렵, 일행이 들어선 객점은 여전히 텅텅 비어
있었지만 전영은 그것을 알 수 있었다.

"어제 이곳에서 오십 리 정도 떨어진 평월루라는 객점에 투숙, 지금까지 특별한 움직임이 없는 상태입니다."

각진 턱에 거뭇거뭇한 털이 뿌리 깊게 박혀 있는 인물.

비연대주 귀창만이다. 그는 지금 만선각의 삼층에 마련된 주군의 거처에 들어서 있었다.

"단지……."

그가 말을 흐리자 종리장준의 눈매가 지긋이 좁혀졌다.

"문제라도 있느냐?"

"예상치 못한 인물이 평월루에 투숙 중입니다."

"……?"

"소청악 어르신께서 머물고 계십니다."

"그가……?"

그놈의 이목이 뭔지, 이곳으로 오는 도중 그렇게 눈에 띄지 않으려 조심조심했다.

매일 아침 전달되는 부하의 추적 경로를 따라 여곽을 들를 때 빼고는 하루 종일 마차 안에만 틀어박혀 있었다. 그런데 갑자기 일섬사사가 왜 그곳에 있단 말인가?

종리장준의 껄끄러운 표정에 종리사유가 넌지시 입을 열었다.

"오히려 호재일지도 모르겠습니다."

"호재라?"

"예. 소청악 어르신이라면 아버님과도 막역지우의 우정을 나누시는 분… 이참에…….”

“손을 내밀자는 말이냐?”

“입이 무거우신 분인 줄로 압니다.”

사정을 설명하면 적어도 참새처럼 나불거리진 않으리라.

또 그에 따른 보상도 충분히 해주면 될 터.

비록 맞은편에 앉아 있는 전영이 있다지만, 그와 아버님의 합격이면 실추된 자존심 회복을 믿어 의심치 않다지만, 여기에 일섬사사마저 합류한다면 이보다 더 좋을 순 없다고 확신하는 종리사유였다.

“흐음.”

장남의 의견에 종리장준은 낮은 한숨을 동반한 고심에 들어갔다.

‘대(大)를 위해 자질구레한 자존심은 버려라…….’

딴엔 생각의 폭만 넓게 가지면 될 일이다. 친구는 흔쾌히 부탁을 들어줄 테다. 보상 따윈 바라지도 않겠지. 지난 우정이 그리 가볍진 않으니까.

종리장준이 잠시 생각의 폭 조정에 들어가자 방 안에 정적이 감돌았다.

“우웅.”

그런 가운데 전영의 무릎 위에서 종리유하의 고개가 반쯤 돌아갔다. 방 안의 무거운 침묵과 상관없이 평화로운 꿈나라에 빠져 있었고, 일행에 포함시키지 않았다면 난리난리, 지금도 울며불며 밤새 울고 있을 그녀이기도 했다.

이렇게 종리장준과 종리사유, 전영과 종리유하, 그리고 일찍이 사도의 추적에 매달린 비연대가 모두 모여 자존심 회복의 결사대를 이루고 있었다.

"좋다."

결정했는가.

종리장준이 자리에서 일어났다.

"지금 당장 갈 것이다."

마주 일어서는 아들을 향해 그가 말을 이었다.

"넌 여기서 유하와 있도록 해라."

"분부 받들겠습니다."

종리사유는 같이 하고픈 본심을 억누르며 공손히 고개를 숙였다. 어차피 같이 가봐야 도움을 줄 만한 실력이 아님을 본인 스스로 잘 아는 선택이었다. 그렇다 해도 그 자제력을 통솔하기 여간해선 쉬운 일이 아니리라.

종리장준은 장남을 대견하다는 듯 바라본 뒤 전영에게 시선을 돌렸다.

"자네는 나와 함께 가지."

"예."

전영의 대답에 비연대주가 방문을 열었다.

방 안의 온기가 싸늘한 바깥바람에 잠시 밀려났다.

“대체……”

전영의 입에서 멍한 음성이 흘러나오자 종리장준의 주름진 눈매가 비연대주를 향했다.

“어찌 된 일이냐?”

일행 모두 만선각을 나서고 대략 일각 동안 눈 속을 전력 질주했다.

그렇게 사도가 묵고 있다는 곳에 방금 전 도착했다.

그런데 있어야 할 평월루는 없고 폭설에 하얀 동산이 된 잔해 더미만 보인다. 어둠에 흑색 무복으로 더욱 어둠에 묻힌 삼십 인의 일행 모두 어안이 벙벙한 표정들이었다.

“저, 저도 이게 어찌 된 일인지……”

한 시진 전만 해도 멀쩡히 장사 잘하던 곳이 사라졌다. 잘못 찾아왔나 싶어 옆을 돌아보니 위치 파악에 헷갈리지 않기 위해 점찍어둔 작은 가게들이 눈에 익다. 분명 이곳에 평월루가 있었다는 증거였다.

한데 없다. 감시하던 부하들도 모두 철수시켜 주군을 맞이했기에 물어볼 사람도 없다. 비연대주는 마땅히 대답할 말이 없었다.

“이보시오?”

다행히 지나가는 사람을 부하가 불러들여 물어볼 수 있었다는 것은 천만다행이었다. 그래 봤자 안 듣느니만 못했지만.

“벼락이 내리쳐 평월루가 폭삭 무너졌다?”

지나가는 사람을 붙잡고 물어본 결과, 갑자기 하늘에서 뇌성과 함께 엄청난 벼락이 내리쳐 평월루가 폭삭 무너졌다고 한다. 눈앞의 하얀 동산이 벼락에 무너진 평월루의 잔해란다.

부하들에게 잔해를 뒤져 보라 했더니 진짜로 평월루의 두 동강 난 간판이 종리장준의 발치에 놓여졌다.

우직!

종리장준의 발아래 평월루의 조각난 간판이 산산이 부서졌다. 정면을 바라보는 그의 입가에 허탈한 김이 서렸다.

"폭설에 벼락이라니……."

자연의 이치에 통달한 것은 아니지만 기본이라는 것이 있다. 이제껏 오십 평생 살아오면서 눈 오는 날 벼락이 내리쳤다는 말은 듣도 보도 못했다.

그럴진대 눈앞에 보이는 상황은 눈 오는 날 벼락이 내리쳤다는 말을 믿어야 한다고 주장하고 있었다.

무엇보다 저 잔해 속에 깔릴 턱이 없는 사도의 행방이 또다시 묘연해졌다는 것에 종리장준은 속이 쓰렸다.

"대주님!"

그때 잔해를 뒤적이던 비연대원 한 명이 저 안쪽에서 귀창만을 불렀다.

"무슨 일이냐?"

"이쪽으로 와보십시오!"

"뭔가 발견했나 봅니다."

귀창만이 자신을 바라보자 고개를 끄덕이는 종리장준이었다.

그 즉시 동산을 타고 넘어간 귀창만의 외침이 들려왔다.

"가주님!"

"무슨 일이냐?"

"와보셔야겠습니다!"

귀창만의 목소리에는 뭔가 지나칠 수 없는 것을 발견한 떨림이 느껴졌다.

"같이 가보세."

전영을 바라보는 종리장준.

"예."

곧 두 사람의 전방으로 무너진 잔해 뒤편의 널찍한 공터가 드러났다. 평월루의 후원이라 불렸던 곳이다.

'도대체 몇 번을 내리친 거야?'

전영의 눈매가 일그러졌다. 마치 군대의 포격장이 이러할까 싶다. 상식적으로 한두 번의 벼락으로는 어림도 없는 눈앞의 황폐함이 적나라하다.

자신들이 서 있는 주위로는 땅거죽이 논밭을 갈아엎은 듯 후원 전체가 완전히 뒤집어져 있었다.

곳곳에 한번 빠지면 여간해선 빠져나오기 힘들 정도의 깊이로 파인 구덩이도 한둘이 아니다.

"가져오라."

전영의 옆에 서 있던 종리장준이 누군가에게 명하자, 그의 앞으로 어른 몸통만 한 굵기에 아이 키만 한 둥그런 나무 등 치가 놓여졌다. 이곳에 심어져 있던 관목 중 하나였고, 겉 표면이 정말 벼락이라도 맞은 것처럼 새까맣게 그을려져 있었다.

그 조각난 나무를 유심히 내려다보다 옆으로 눕히는 종리 장준의 눈가에 의혹 어린 이채가 일었다.

'깨끗하군.'

잘려 나간 나무의 밑동을 말함이다. 칼로 두부를 썬 듯 표면의 나이테가 선명하다. 벼락을 맞아 쪼개졌다고 보기엔 무리가 있었다.

그가 고개를 치켜들며 외쳤다.

"주위를 샅샅이 뒤져라! 격전의 흔적이 있을 것이다!"

누구와 누구의?

종리장준의 명에 비연대원들의 머릿속으로 순간, 동일한 의문이 일었지만 누구 하나 의문을 표하진 않았다.

뻔한 것이다. 이곳에서의 격전이라면 둘밖에 없으니 말이다. 비연대원들은 서둘러 후원을 뒤적이기 시작했다.

그사이 멍하니 서 있기가 민망해 한쪽으로 걸음을 옮기는 전영.

“아……!”

그가 무의식적으로 고개를 들자 눈동자에 차가움이 전해졌다. 지그시 눈꺼풀을 내리는 그의 머리맡으론 이미 폭설로 변한 눈발이 고깔처럼 쌓여 있었다.

얼마 안 가 걸음을 멈추는 전영이었고, 폴짝 뛰어넘을 정도의 높이로 무너진 담벼락에 등을 기댔다.

부산히 움직이는 다른 이들을 바라보던 그의 눈가에 문득 그리움이 묻어 나왔다.

‘훈련은 끝났으려나?’

지금이 일월 하순이니 그럴 테다. 련으로 돌아왔을지도 모르겠다.

‘내가 없는 걸 알고는 이리저리 찾아다니다 씩씩댔겠지?’

아무런 언질도 없이 독단으로 결정하고 혼자 왔으니 모르긴 해도 돌아가는 즉시 한소리 들을 각오를 해야 할까 싶다.

‘녀석… 어라? 그러고 보니 이제 스물둘이잖아?’

가만 보니 동생이 시집갈 나이가 됐다 싶은 전영이었다.

덩달아 생일도 가까워져 오고 있었다. 다음달 팔 일이었고, 자기 생일도 같은 날이다.

“후~ 그때까지 돌아갈 수 있을까?”

상황을 보아하니 가능성은 충분했다. 흔적을 찾든 말든 사도의 종적이 묘연해진 상황, 또다시 그의 행방을 찾는 것이 선결 과제가 될 것이 분명했다.

비록 원한 수순은 아니라지만 이것도 그리 나쁘지 않다고 전영은 생각했다.

"이곳으로 와보십시오!"

"여기도 와보셔야겠습니다!"

잠시 후 여기저기서 흔적을 찾은 외침이 종리장준의 발걸음을 바쁘게 만들었다.

그러나 죽은 자식 불알 만지기였다. 결국 싸움의 흔적은 찾았지만 가장 중요한 사도의 행방 묘연은 변하지 않았기 때문이다.

그렇듯 밤의 어둠은 새벽의 장막을 덧씌워가고 있었다.

새벽까지 무수한 격전의 흔적을 찾아냈지만 정작 원한 소득은 아무것도 없었다.

일행은 어슴푸레 동녘이 터오는 시각이 되어서야 다시 만선각으로 돌아왔다.

저마다 육체적 피로함보다는 처음부터 다시 시작해야 한다는 정신적 피곤함이 얼굴 곳곳에서 묻어 나왔다.

일층 객잔에 자리한 그들은 따듯한 차를 마시며 몸과 답답한 가슴을 녹였다.

"우선 이곳에서 하루간 휴식을 취한 뒤, 비연대는 전과 동일한 임무에 주력한다."

종리장준의 묵직한 저음에 비연대주 귀창만이 읍을 한 뒤

같이 자리했던 식탁에서 물러났다. 그리고 빈 탁자에 자리하
고는 조장들을 불러 사도의 종적을 찾는 작업에 대한 각자의
의견을 나누기 시작했다.

종리장준은 그들을 넌지시 바라보다 옆에 앉은 전영에게
아쉬운 표정을 지어 보였다.

"미안하게 되었네. 추운 날씨에 괜한 헛걸음이 되었군."

"아닙니다."

전영은 머리에 녹아내린 물기를 털어낼 겸해서 고개를 저
으며 말했다.

"저야 따라만 왔을 뿐, 정작 어르신……."

"오셨습니까."

전영이 말하는 와중 종리사유가 계단을 내려와 성큼 식탁
으로 다가와 앉았다.

그의 얼굴엔 긴장하는 기색이 역력했다. 둘 다 몸 성히 이
곳에 왔다는 것에, 은근히 종리장준의 입에서 듣기 좋은 말을
기대하는 눈치도 엿보였다.

하지만 아들에게 경과를 설명해 주는 아비의 목소리에는
자못 비통함까지 묻어 나왔다.

얘기를 다 듣고 나서 김이 모락모락 피어나는 찻잔에 손을
가져가는 종리사유의 얼굴도 굳어져 있었다.

그가 차를 한 모금 마시며 굳어진 입술을 달싹였다.

"결국… 제자리로 돌아온 격이군요."

목소리에 힘이 없다.

“그렇다고 봐야겠지.”

대답하는 목소리 또한 다르지 않았다.

“하오시면 이대로…….”

돌아가는 일만 남았다. 전영도 관심을 드러내며 종리장준을 바라봤다.

종리장준은 두 사람의 눈길에 고개를 저었다.

“난 이대로 산동을 경유할 참이다.”

지난밤 있었던 경과를 따지자면 분명 격전의 흔적이 있었다. 보이는 상황만 놓고 봐도 사층 건물이 폭삭 무너지고 반경 삼십 장에 달하는 후원 전체가 완전히 뒤집어졌다.

두말할 것도 없이 그 정도 파괴력이 넘치는 격전을 치를 사람이라면, 같은 곳에 묵고 있었던 사도와 소청악 두 사람밖에 없었다.

그래서 악가로 가련다.

죽지만 않았다면 승패의 결과를 떠나 들으련다.

오랜 친우에게 사도의 행방을.

종리사유는 아비의 의중을 눈치 채곤 조심스레 입을 열었다.

“저희들도…….”

“아니다. 넌 유하와 먼저 돌아가도록 해라. 그리고…….”

종리장준의 시선이 본인을 향하자 전영은 저도 모르게 마른침을 삼켰다.

'저도 보내주세요!'

그가 기도하듯 속으로 외쳤다. 생일은 가족과 함께라며.

"자네는 나와 같이 가세나."

부처님은 바쁘셨다.

"…예."

힘없이 시선을 떨구는 전영이었고, 마땅히 반대할 명분이 없었다. 만에 하나 산동을 경유하는 도중 비연대가 사도의 행적을 찾을지도 모르는 일. 그러면 거래 조건대로 종리장준 곁에 있어야 했다.

그렇게 종리장준의 일차 자존심 회복 작전은 뜻하지 않은 변수에 막혀 수포로 돌아갔고, 더 뜻하지 않게 산동행 막차에 오르는 전영이었다.

＊　　　＊　　　＊

정무련에서 가장 큰 부지(敷地)를 차지하고 있는 검무전.

그 안의 여러 전각 중 이(二)대주 조북광은 자신의 개인 집무실에서 이번 정기 훈련에 따른 보고서를 작성하고 있었다.

섬서에서 호남으로 돌아온 지 하루가 지난 시점이었다.

그렇게 한참을 보고서와 씨름을 하던 그에게 뜻밖의 방문객이 찾아왔다.

“무슨 일이지?”

본인의 직속 부하라지만 단둘만 있어본 적이 거의 없던 전호연의 방문이었다.

조북광의 의문에 전호연은 대답을 생략하고 손에 쥐고 있던 두루마리를 건넸다.

조북광이 받아 들고는 뜻밖이라는 표정을 지었다.

“정기 휴가 기간 변경 신청서?”

일 년에 세 달로 의무화되어 있는 규정이다.

“하지만 아직…….”

“한 달이 남았습니다.”

그게 문제였다.

“앞당겨 주십시오.”

“사유는?”

“앞당겨 주십시오.”

전호연의 반복된 대답에 조북광의 눈꼬리가 끝 쪽으로 접혀졌다.

‘똑같은 대답은 두 번으로 족하겠지.’

따지고 들자면 이유를 못 들을 것도 없었다. 엄연히 직속상관이기에 사유를 묻고 타당성을 판별하는 것은 당연한 권리였다.

더욱이 직속 부하들의 휴가 기간 조정은 대주들의 고유 권한 중 하나이기도 했다. 하지만 그 권리에도 유동성이 있었으니 바로 이럴 때였다.

'거절하면 주구장창 째려볼 눈빛이군. 으휴~ 춥다, 추워.'

조북광은 냉큼 손에 들린 신청서를 접으며 말했다.

"기간 변경이야 문제는 아니지만……."

"제 휴가 조정에 따른 대원들과의 합의도 보았습니다."

"그렇지."

본인도 거절 못하는데 동료들이라고 어련할까.

"알겠네. 그럼 모레부터 사월 말까지 전 대원의 휴가를 명하겠네. 아, 기왕 온 김에 차라도……."

퉁―

잠깐 열렸다 닫히는 문틈으로 한줄기 찬바람이 집무실 안으로 스며들었다.

"거참……."

이것도 특혜라면 특혜를 준 것인데 너무 쌀쌀맞다. 어깨를 휘감는 찬바람보다 더.

"모레부터 휴가라고?"

끄덕.

오후 훈련을 마무리하고 처소로 돌아가는 프로첸의 말에 고개를 끄덕이는 전호연.

갈랫길에서 다시 고개를 끄덕이곤 자신의 처소로 횡하니 발길을 옮겼다.

“……..”

프로첸은 멍하니 그녀의 뒷모습을 바라보다 뜨거운 국물이 손등에 떨어진 듯 퍼뜩 정신을 차렸다.

“이크! 이러고 있을 때가 아니지.”

돌아오면 뭔가 달라질 줄 알았다.

이번만은 전영과 루인의 상관 관계를 확실히 밝혀내려 했고 그러기 위해서는 우선 전영이 필요했다.

그런데 어디로 갔니?

또 자리를 비우면 어쩌라는 거니!

“같이 가야 해.”

묻지 않아도 전영을 찾으러 가는 것이 분명하다. 기다리면 집나간 자식, 어련히 오겠지만 기다릴 여유가 없긴 여동생이나 본인이나 마찬가지였다.

그래서 따라 갈란다.

그러기 위해서는.

“정기 휴가라……”

동행의 우선 조건이 선결되어야 한다.

“신청서가 어디에 있더라?”

잠시 그 자리에 서서 머뭇거리던 프로첸의 발걸음이 왔던 길로 빠르게 되돌아갔다.

“정기 휴가 기간 변경 신청서?”

앉은자리 그대로 서 있는 프로첸을 올려다보는 조북광의 눈꼬리가 치켜 올라갔다. 기분이 상한 표정이다.

빙설화야 그렇다 치더라도 들어온 지 얼마나 되었다고 신입 대원이 벌써부터 정해진 휴가 기간을 제 맘대로 하려 드는가 말이다.

"안 되네."

조북광은 단호하게 자신의 고유 권한에 대한 특혜의 기준을 빙설화까지로 마감했다.

안 그래도 같은 대의 대원은 동(同) 기간에 휴가를 갈 수 없는 규정 때문에라도 허락할 수가 없었다.

그런 내규를 아직 숙지하지 못한 프로첸이었기에 그의 어떤 설레발도 조북광에게는 먹혀들지 않았다.

프로첸은 결국 시무룩한 표정으로 집무실을 나설 수밖에 없었다.

그나마 꿩 대신 닭이라고, 일일 외박 승인서라도 얻은 것이 위안이라면 위안이었다.

"그래, 내가 못 간다 해도 같이 갈 사람은 또 있다."

미덥진 않지만 이대로 계속 허송세월을 보내는 것보다야 나을 것이다. 참고로 프로첸의 휴가 기간은 중간에 장마철을 끼고 있었다.

이틀 후.

아침나절부터 율란의 입가에는 함박웃음이 떠나질 않고
있었다.

프로첸의 간곡한 부탁과 자신의 전영에 대한 의리와 그리
움(?)을 줄기차게 내세운 결과.

내 님과 그것도 단둘이 여행을 떠나게 되었으니 그럴 만했
다.

"사고 치지 말고 조심히 다녀와라."

전호연과 눈인사를 교환한 프로첸의 걱정에 율란은 말안
장에 올라타고는 한쪽 눈을 찡긋거렸다.

"걱정 마셔."

율란의 대답에 프로첸이 그의 말 앞으로 걸어가 둘만이 아
는 눈빛을 교환했다.

'확실히 알아봐라.'

'걱정 마, 한시도 눈 떼지 않을 테니까.'

프로첸이 그럼 믿겠다는 눈빛을 더한 뒤, 뒤쪽에서 말안장
에 오르는 전호연을 바라봤다.

"이제 출발하지."

"하!"

전호연은 안 그래도 그럴 작정이었는지 고삐를 잡아당겼
다.

율란도 서둘러 뒤를 따랐고, 곧 뿌연 먼지와 함께 두 필의
말꼬리가 프로첸의 눈에서 멀어져 갔다.

관도를 내지르는 전호연의 머릿속에는 오직 한 가지 생각
뿐이었다.

'가만두지 않겠어!'

아무런 언질도 없이 혼자 움직였다.

물론 연락할 방법이 없었겠지.

이미 그쪽과의 거래 내역대로 부르면 가야겠지.

그게 하필 자신이 훈련 도중이었으니 본인도 어쩔 수 없었
을 테다.

아무리 그래도 화가 난다.

어쩔 수 없었다는 것을 알면서도 속상하다.

위험하니까.

다칠 수도 있으니까.

생각하긴 싫지만 최악의 경우.

'그랬다간 절대 가만두지 않겠어!'

전호연의 손 안에서 고삐가 더욱 팽팽히 죄어졌다.

제 8 장

재득불재득(再得不再得)

검중지문.

무당을 말함이다. 간간이 화산파가 턱밑까지 쫓아오긴 했지만 여유로운 돌림병(?)의 태극은 항시 절도와 극기의 매화를 근소한 차이로 앞서 나갔다.

검중지가.

이번엔 남궁세가를 말함이다.

그나마 무당엔 화산이 있었지만 그들에게는 아예 비등하다 여길 만한 경쟁 상대조차 없었다.

삼십 년.

무당이나 남궁세가나 삼십 년 전까지는 그러했다.

산동악가가 기지개를 켜는 순간 그들은 이인자에 머물러야만 했다.

그 중심에 삼십 년 전 육천무제의 전설을 이룬 무인.

검제(劍帝).

악장운이 있었다.

그때부터 산동악가의 성세는 최강을 달렸다. 그의 아들인 악군성이 현재에 이르러 최강의 반석에 올라선 가문의 입지에 빛나는 기름칠을 더했다.

그중 십오 년 전 아비의 자리를 물려받자마자 악군성이 펼친 한 가지 정책은 두고두고 호사가들의 입방아에 오르내릴 정도로 파격적이었고, 결과적으로는 길이 남을 명책이었다.

상식 파괴.

본 가 무사들의 모든 정예화.

가문의 혈족을 제외, 오랜 적(籍)이 없는 이들에겐 본 가의 비전절기를 익힐 수도, 그 기회도 갖지 못한다는 일반적인 상식을 파괴한 것이었다.

시행 초기 비기의 유출이라는 우려 섞인 비판이 득세했지만 악군성은 자신의 정책을 우직하게 밀고 나갔다.

그렇게 악가에 들어온 지 이 년이 지난 가솔 무인들은 얻게 되었다. 오랜 기간 체계적으로 정립된 악가의 명문의 진산절학을 익힐 수 있는 기회를.

그 기회엔 기존 유력 세가나 명문대파들이 제자들에게 천편일률적으로 적용하던 근골의 우수함이나 재능, 배경 같은 것들은 철저히 무시되어 있었다.

오로지 본인의 부단한 노력만을 요구했다.

그러다 정히 안 되면 어쩔 수 없는 것이… 아니었다.

그때는 악군성이 직접 나서서 부족한 노력을 독려했다.

그러면 안 되던 것도 될 수밖에 없었다. 무슨 초절정을 바라는 것도 아니고, 절정에 이르는 것이 목표니 말이다.

그렇다고 절정을 우습게 여기는 것은 아니다.

하지만 오조의 멸절악조(滅絶惡祖)에 오른 가주의 가르침 앞에, 절정의 벽은 현저히 낮아질 수밖에 없었다.

그 후 십오 년이 지났고, 이제 사람들은 말한다.

악가에선 마주치면 절정이라고. 예비 초절정고수들도 간혹 운대만 맞으면 볼 수 있다고. 천하제일의 무력 집단이 그곳에 자리하고 있다고.

산동의 태안에.

만선루에서 출발할 때는 이곳에 도착할 때까지 주구장창 내달릴 줄 알았다.

그러나 출발할 때의 기세와 달리 종리장준은 길을 재촉하지 않았다. 오는 내내 남들이 보면 유람을 한다 싶을 정도로 느긋했다. 오 일 정도면 도착할 길을 이틀이 너 걸린 이유였다.

그 기간, 전영의 인맥으로선 백 년이 지나도 들을 수 없는 고급정보가 노고수의 입에서 줄줄 흘러나왔다.

강호의 지난 역사를 시작으로 수많은 고수들에 관한 무용담과 현재의 강호를 지배하는 무인들, 그들이 배분한 세력 분포도와 앞으로 흘러갈 미래의 예상도까지.

종리장준의 한마디 한마디는 강호에 이제 막 발을 디딘 전영에겐 금과옥조와 같았다.

그렇게 쏠쏠한 지식을 전수받으며 여유롭게 도착한 지금.

"후유~"

전영의 입에선 절로 탄성이 흘러나왔다.

그의 눈동자 가득 '산동악가' 라는 편액이 승천하는 용(龍)의 기상으로 꽉 들어차 있었다.

최강(最强).

누가 말하지 않아도 느껴진다.

자신이 서 있는 곳이 구주천하 최강을 논하는 무력 집단의 본거지라는 것이.

단순히 예를 들어보아도 그러했다.

"방문인의 신원을 밝혀주십시오."

종리장준에게는 미안한 얘기지만 그의 처소에서 보았던 수위무사들과는 겉으로 드러나는 기도부터가 차원이 다르다. 절제된 고수의 기운이 엿보인다.

그런 이들이 일 장 높이의 담 중앙에 위치한 정문 앞에 버티고 서서 역시나 수위무사의 직무를 이행하고 있었다.

'종무대원들보다 한 수 위겠는데?'

한낱 수위무사가 같은 칠대세가의 전투대원보다 나은 실력을 가지고 있는 곳.

더 이상의 부연 설명이 필요치 않으리라 본다.

"어르신께서 어인 일이십니까?"

수위무사 중 한 명이 눈을 크게 뜨고는 빠르게 종리장준 앞으로 다가왔다.

그러자 종리장준이 반갑게 입을 열었다.

"자네는 아직도 이곳에 서 있군."

"하하! 평생 이곳에 서 있기야 하겠습니까?"

"암, 그래야지. 하나 만만치 않을 게야."

"예, 마누라한테 매일 바가지 긁히는 이유도 그 때문입니다. 애들 얼굴 까먹을 정도로 밤낮 몸만 굴린다고 말입니다."

수련에 몰두한다는 뜻이리라.

삼십 중반의 애가 둘이 있는 가장이 말이다.

솔직히 그 나이라면 새로운 것을 몸에 익힌다는 것이 쉬울 리 없다. 그럼에도 지금 배우는 절기 뒤에 더 높은 절기가 기다리고 있으니 무인의 생리상 수련을 멈출 수가 없는 것이다.

그렇게 서서히 자신도 모르는 사이 악가의 무사들은 나날이 강해지고 있었다.

종리장준은 그런 악가의 체계와 악군성의 선견지명에 새삼 부럽다는 입맛을 다시고는 이곳에 온 목적을 말했다.

그런 종리장준의 태도에 전영은 적이 놀라지 않을 수 없었다.

일개 수위무사와 말을 나누는 것부터 해서 그 내용은 또 어떠한가. 무인들의 극히 일상적인 넋두리라 할 수 있었다. 그 대화에 자연스럽게 참여하는 수위무사의 여유도 놀랍긴 마찬가지였다.

그것들 하나하나가 현재 악가의 위상을 보여주는 한 단면인가 싶었다.

"들어가지."

얘기가 끝났는지 전영을 바라보는 종리장준이었고, 수위무사의 시선도 그를 따랐다.

종리장준이 동행이라며 어깨를 살갑게 툭 쳐주자 수위무사는 뒤편의 동료에게 정문 개방을 알렸다.

악가의 내부 규모는 같은 칠대세가의 그것과는 판이하게 달랐다. 사뭇 허허로움이 느껴질 정도로 단출해 보였다.

대다수 건물이 일층으로 이루어져 숙식의 조건만 갖춘 형태.

내부의 구중심처에 위치, 친인들의 거처인 이층 건물이 유독 높아 보이는 이유도 그래서였다.

전영은 그것이 싫지 않았다.

'실용적이라고 봐야겠지?

다른 칠대세가와 마찬가지로 자금력이 얼마나 대단하겠는가. 묻지 않아도, 세어보지 않아도 엄청날 테다. 그럼에도 있는 티를 내지 않는다.

아직 보진 못했으나 악군성에 대한 호감도가 저절로 상승하게 됨은 당연한 이치랄까?

어쨌든 종리장준의 면목에 힘입어 전영은 친인들이 기거하는 처소 중 비어 있는 방을 거처로 배정받았다.

그가 방 안에 짐을 푼 지 이각 정도 지나자 옆방을 배정받은 종리장준이 악군성을 만나고 돌아왔다.

"우리가 한발 빨랐나 보이."

방 안으로 들어서는 종리장준의 얼굴엔 답답함과 약간의 초조함이 뒤섞여 있었다. 친우가 아직 도착하지 않아서이다.

"그럼……."

"기다려 봐야지."

전영은 얼마나 기다려야 되는지 물으려다 입을 다물었다.

'답답하시겠지. 사도의 행방도 행방이려니와 친구 분도 걱정이실 테니…….'

자신들이 이곳으로 오는 길은 여유로운 행보였다. 그럴진대 정작 먼저 출발했을 거라 짐작했던 이가 아직 도착하지 않았다.

‘중간에 사고가 있었던 걸까?

아니면 애초 출발할 때부터 사고가 있었던지.

“이만 쉬게. 나도 좀 쉬어야겠어.”

종리장준은 들어오자마자 다시 나갔다. 그의 어깨가 전영의 눈엔 처량할 정도로 힘이 없어 보였다.

하지만 걱정한다고 나아지는 것은 없기에 우선 기다려 보는 수밖에 달리 방도가 없었다.

그리고 마침내 이틀이 지나 기다리던 이가 도착했다.

그러나 친우는 오랜만에 보는 친우를 반가이 맞을 수 없었다. 그러고 싶어도 그럴 수 없었다.

“이, 이 사람아, 이게 무슨…….”

종리장준의 입에서 신음에 비슷한 침음성이 흘러나왔다.

그는 지금 악가의 내지 중 비지에 마련된 처소에 들어서 있었다.

옆에는 이곳의 주인이 종리장준과 똑같이 참담하게 일그러진 얼굴로 자신의 의제를 내려다보고 있었다. 그러다 불같이 고개를 옆으로 틀었다.

“상세히 고하라! 대체 무슨 일이 있었던 것이냐?!”

피를 나누진 않았으나 그보다 더한 의리로 뭉쳐 이십 년을 동고동락한 의제이다.

그런 의제가 자신의 눈앞에서 검게 물든 얼굴로 눈도 뜨지 못하고 신음 소리만 내며 누워 있다. 온몸에는 붕대가 거미줄처럼 친친 동여매져 있었다.

한 시진 전, 진찰을 하고 돌아간 의원의 말이 사지를 이루는 뼈란 뼈는 죄다 부서져 있다고 했다. 더한 것은 몸속의 주요 장기까지 극심한 손상을 입을 상태라는 것이었다.

한마디로 오늘내일 죽을 날만 기다리면 된다는 소리였다.

악군성의 목소리에 살기가 번들거림은 당연했다.

그에 아무리 천방지축 세상 무서울 것이 없는 악희명이라 해도 지금은 숨 쉬는 것조차 힘에 겨웠다. 가벼운 호신술만 익히 그녀로선 아비의 살기를 감당할 수 없었다.

"그게… 그러니까……."

그녀 대신 남궁휘가 어렵사리 입을 열었다.

잔뜩 주눅이 든 목소리. 호신술이든 절정의 중경에 오른 무위든 악군성의 살기 앞에선 고만고만했다.

남궁휘는 몇 번의 목소리 끊김을 동반한 끝에 악군성에게 간신히 전후 사정을 이해시켰다.

"사도 내 이놈을 당장!"

악군성이 자리에서 벌떡 일어나자 종리장준이 황급히 그의 손목을 잡았다.

"참으시오."

"참으라니요!"

악군성은 방구들이 내려앉을 정도로 소리쳤다.

"지금 내 의제가 사도라는 놈에게 당해 이 모양 이 꼴로 돌아왔소! 어찌 의형인 내가 참을 수 있단 말이오! 여봐라! 소집하라! 악가의 그늘 아래 숨 쉬는 모든 무사들을 당장 소집하라!"

악군성의 살벌한 기세에 악희명의 안색이 하얗다 못해 퍼렇게 질렸다.

감당할 수 없는 살기는 둘째 치고, 처음 보는 아비의 제어되지 않은 분노 앞에 심적으로 충격을 받은 탓이다.

평소 자신이 하던 일에 뭐든 오냐오냐하던 아버지는 이곳에 없었다. 지금의 아버지에게선 악기(惡氣)마저 느껴졌다. 오직 숙부를 저렇게 만든 상대에 대한 끝 모를 분노만이 가득했다.

남궁휘가 어깨를 감싸주었지만 악희명의 떨림은 쉬이 멈추지 않았다.

"혀… 혀, 형님."

그때 정신을 놓고 있던 소청악의 마른 입술 사이로 그보다 더 메마른 음성이 새어 나왔다.

악군성이 순식간에 살기를 지우고 소청악의 안면으로 귀를 가져갔다.

"그래, 나다. 형이다."

진한 애정이 묻어 나오는 그의 목소리에 소청악은 눈이 뜨이지 않는지 힘겹게 입만 열었다. 그것만 해도 상태 대비 놀라운 정신력이 아닐 수 없었다.

"혀… 형님."

"오냐, 아우야."

"시… 시……."

"그래, 시."

"시… 끄…… 럽소."

그 말을 끝으로 놀라운 정신력을 회수하는 소청악이었고, 멀뚱히 눈만 끔뻑이는 악군성이었다.

"……."

"불러야 하지 않겠소?"

종리장준이 그를 깨우듯 말했다.

"의원을 말이오."

어찌 되었건 정신을 차렸다는 것은 기식의 변화가 있다는 증거였다. 지금은 다시 놓았지만 언제 다시 찾을지 모를 일이다.

그러니 지금 가장 중요한 것은 빽빽 소리나 지르는 것이 아닌, 소청악 옆에 의원이 대기하고 있어야 함을 주지시키는 종리장준이었다.

"여봐라!"

악군성이 또 한 번 자리에서 벌떡 일어났다.

"당장 의원을 불러와라!"

대답은 없었으나 조만간 의원이 도착할 것이다.

‘…날이 저무는가.’

피곤함이 묻어 나오는 종리장준의 눈매가 친우를 비껴 창문을 향했다.

채광(採光)의 농도가 이곳에 들어올 때보다 한참은 옅어져 있었다.

다 늦은 저녁 무렵, 전영의 처소로 종리장준이 들어섰다.

“어떠십니까?”

전영은 악가를 감싼 어두운 기류만으로도 소청악의 상태가 심상치 않음을 느낄 수 있었다.

“안 좋네. 사지를 이루는…….”

종리장준의 설명은 어두운 그림자에 막막함을 덧씌울 뿐이었다.

“…똑같군요.”

전영이 아랫입술을 깨물었다.

그가 힘없이 고갯짓을 했다.

“그러하이. 똑같았어.”

회복 전 자신의 상태와 지금의 소청악의 상태는 판박이로 찍어내지만 않았다 뿐이지 별반 다를 게 없었다.

“그렇다면…….”

“이미 알려주었네. 급박한 상황이니 곧 결과가 나오겠지.”

종리장준의 예상에 고개를 끄덕이는 전영이었고, 두 사람의 예상보다 결과는 훨씬 빨리 나왔다.

"어르신, 가주님께서 찾으십니다."

"곧 넘어갈 테니 그리 알고 먼저 돌아가게."

"알겠습니다."

문밖에서 대답이 있고, 종리장준은 얼마 안 가 무릎을 폈다. 그가 배웅을 위해 같이 일어난 전영에게 물었다.

"같이 가보겠는가?"

"제가요?"

"못 갈 이유도 없지 않은가?"

"그야 그렇지만……."

말을 흐리는 전영이었다. 본인이 가봤자 도움을 줄 수 있는 것도 아니기에 망설여졌다.

"흠, 굳이 가볼 필요 또한 없겠지."

종리장준이 강요하는 것은 아니라는 식으로 전영의 어깨를 가볍게 다독였다.

"그럼 예서 기다리고 있게나. 내 갔다 와서 결과를 전해주겠네. 그리고……."

종리장준이 방문을 열며 말을 이었다.

"결과에 따라 자네와 나의 거취 문제도 다시 정하세나."

"알겠습니다."

"나오지 말게."

종리장준은 손수 방문을 닫았다.

그가 마당으로 내려오고 한참을 걷다가 쓴웃음을 배어 물었다.

‘예의상 물어보긴 했으나 나도 보여주기 싫었다네.’

희귀한 보물일수록 가치가 높은 법이다. 친우의 불행 앞에 이런 계산이나 하고 있는 자신이 부끄럽다면 부끄러울 뿐이었다.

“쯧쯧.”

혀를 차는 소리가 악가의 무거운 정막 속으로 쓸쓸히 스며들었다.

종리장준이 자신의 집무실로 들어서자 악군성이 가볍게 예를 차렸다.

“의제의 일로 제가 잠시 흥분했습니다. 이 자리를 빌어 양해를 구하겠습니다.”

“괘념치 마십시오. 저라도 그랬을 겁니다.”

종리장준이 가볍게 손사래를 치자 악군성이 자리에 앉기를 권했다.

이렇듯 오늘만 세 번째. 칠대세가의 두 주인이 마주 앉았다.

평소 남도맹 안에서도 맹주와 장로의 신분이라지만, 둘 사이에는 이렇다 할 인연이 없었기에 이런 경우는 처음이라 할 수 있었다.

으레 어색할 수 있는 분위기였으나 그 중심에 의제와 친우의 생사가 달렸으니 전혀 어색할 틈이 없는 두 사람이었다.

"돌려 말하지 않겠습니다."

악군성이 빠르게 회의 결과에 따른 수순을 밟아나갔다.

"저희 쪽에서는 내일 새벽에 길을 나서기로 했습니다. 마땅한 대접도 못해 드리고 자리를 비우는 점, 다시 한 번 종리가주께 양해를 구해야겠습니다."

악군성의 말투는 평소보다 빠른 감이 있었다. 의제의 생사가 달린 문제 앞에선 천하를 논하는 거인일지라도 본연의 냉정함을 유지하긴 어려웠다.

종리장준의 입가에 바른 미소가 그려졌다. 악군성의 초조함이 훈훈한 인간미로 비춰진 것이다.

"저에게도 둘도 없는 친우입니다. 한시가 바쁜 상황, 악가주께서 그리 말씀 안 하셨더라도 저라도 그리하시라고 우겼을 겁니다."

종리장준의 말에 악군성은 다시 한 번 감사의 눈빛을 전했다.

"그럼 떠나는 것은 이른 새벽으로 잡고……."

악군성의 말이 이어졌고, 앞으로의 진행 상황을 점검하는 두 사람 간의 의견이 오고 갔다.

그러는 와중, 두 사람은 서로가 가진 맹주와 장로라는 직위를 절대 언급하지 않았다. 지금의 이 자리가 갖는 의미를 잘 알기 때문이다.

의제와 친우의 패배.

그전에 친우를 살리기 위해 자신의 패배를 고백한 친우.

둘 다 동일 인물에게 당했다.

즉, 사회적 직위가 끼어들지 못하는, 남들이 알면 안 되는 치부를 공유한 두 사람이다. 그들만의 개인적인 자리라는 뜻이었고, 비밀의 공유는 당연했다. 그 안에 생사의 문턱을 넘은 비법도 포함되어 있었다.

이후 두 사람의 의견 교환 중 악군성의 입에서 고민스런 목소리가 흘러나왔다.

"어떤 것을 내놓아야 하는지……."

사회적 위치와 입장으로 보아 한 번쯤은 만나야 했고, 만날 만했다.

하지만 악군성은 아직까지 주옥영과의 직접적인 대면이 없었다. 대외적으로 알려진 은월단주밖에 알 도리가 없는 그였다.

그것이 걱정인 게다. 과연 어떤 거래 조건을 내밀어야 그녀의 마음이 움직일지 감을 잡을 수 없었다.

'이제 와 종리세가에서 내민 조건은 쓸모가 없을 테고…….'

이럴 줄 알았으면 좀 더 생각해 보고 결정할 걸 그랬다.

그때는 종리세가에서 맹에 내민 안건이 갑작스럽긴 했으나 검무전주의 죽음에 같은 정파의 입장, 베풀면 언제고 돌아오겠지 하는 생각에 순순히 찬성했다.

그런데 그것이 종리장준의 목숨을 살려주는 주옥영의 거래 조건이었다니.

'허, 지금에야 아까워한들 무슨 소용이겠는가.'

이미 지나간 마차 쫓아가 봐야 먼지만 뒤집어쓸 뿐이다.

"방법은 하나라 봅니다."

종리장준을 향한 악군성의 눈매가 벌어졌다.

"종리가주의 고견을 청하겠습니다."

"이미 세상이 다 알 듯 은월단주는 주씨세가의 현 가주이기도 합니다."

"그렇지요."

"하면 그녀에게 더 이상의 부와 명예는 특별할 게 없을 테지요."

"옳은 말씀이십니다."

애초 이번 거래 조건에서 본 가의 넘쳐 나는 자금력이 배제된 이유도 거기에 있었다.

"그래서 답답합니다."

악군성이 고민스럽게 중얼거렸다.

"무엇으로 의제의 생명과 바꿔야 하는지……."

"정공법."

종리장준의 표정이 단호하게 변했다.

"부탁하십시오. 살려달라고."

"물론 그럴 생각입니다. 하지만……."

"변명입니다."

"……?"

"지금 악가주의 고민은 저에게 변명처럼 들릴 뿐입니다."

종리장준의 이어진 말투는 사뭇 도전적으로 변해 있었다.

"악가주에게 의제는 어떤 사람입니까?"

"가족입니다."

악군성은 서슴없이 대답했다. 의제는 자신에게 의리라는 피를 나눈 가족이다. 물어보는 것이 실례가 될 정도로 아끼는 동생이었다.

"그럼 엎드려 부탁하십시오. 원하는 것이 무엇이든 아까워하지 마십시오."

종리장준의 상체가 악군성을 향해 기울어졌다.

"악가를 달라고 해도 주십시오."

"……!"

"청악이가 그 정도도 안 됩니까?"

종리장준의 숨 돌릴 틈 없는 물음에 선뜻 대답을 못하는 악군성이었지만 그건 잠깐이었다. 그의 표정은 천변만화가 무색할 정도로 밝아져 있었다.

그릉—!

그가 갑자기 의자를 밀어내고 터벅터벅 집무실 문으로 다가갔다.

퉁—

문짝이 시원스레 열리고 가슴을 최대로 부풀린 악군성의 눈빛이 어둠 속에서 광휘를 번뜩였다.

"못난 놈!"

시원스레 내뱉은 자책에 어둠이 물러간다.

"무엇이 아까워 벌벌 떨었더냐!"

다시 얻을 수 있는 것과 다시는 얻지 못하는 것.

그 두 가지를 놓고 고민한다는 것은 바보나 할 짓이었다.

*　　　*　　　*

"썩을!"

툇마루에 앉아 있는 율란의 입술이 댓 발은 튀어나와 있었다.

그의 얼굴에는 내 님과 함께한다고 좋아했던 이전의 흥분은 그 어디에도 남아 있지 않았다.

종리세가에 도착하는 내내 전호연의 입은 꿀 먹은 벙어리 그 자체였다.

전부터 입이 무겁다는 것을 알고는 있었지만 이번엔 도가 지나치다 싶을 정도였다. 가뜩이나 차가운 얼굴에 삭풍이 떠

날 줄을 몰랐다.

물어보지 않아도 그 이유는 짐작할 수 있었다.

그래서 참았다. 종리세가에 도착하면 달라지겠지 했다.

있을 테니까. 감히 내 님을 저렇게 화나게 만든 범인이 있을 테니까.

그러나 전호연의 입에서 팔 일 만에 나열된 문자의 조합은 그녀의 예쁘지만 삭막한 얼굴을 더욱 스산하게 만들었다.

"없다고요?"

전영이, 그 썩을 놈이 없단다.

그러자니 이젠 혼잣말은 고사하고 곁에 다가설 수도 없었다. 다가오는 모든 것을 얼려 죽일 듯 날 서린 눈빛이 너무 무섭거든.

결국 율란이 취할 수 있는 방법은 하나였다.

전영이 돌아올 때까지 아는 이 하나 없는 이곳 골방에 처박혀서 시간만 죽이는 수밖에 없었다.

그렇게 하루가 지나고, 한 무리의 일행이 종리세가로 들어왔다.

모두 살갑게 맞이하는 것이 이곳 사람인 듯싶었고, 역시나 전영과 함께 세가를 나선 이 집 주인의 아들과 딸이었다.

그리고 그들의 도착에 맞춰 전호연에게 연락이 취해졌다.

그녀와 함께 율란도 지금 이곳 주인의 자제들과 마주하고 있었다.

　아버지의 집무실에 모인 동생들을 둘러보던 종리사유의 시선이 저도 모르게 바닥을 향했다.
　'노려보기로 따지면 천하제일이군.'
　전호연의 뚫어지게 노려는 눈동자에는 강요의 불길이 활활 타오르고 있었다. 어서 전영의 행방을 말하라는.
　'안 그래도 그것 때문에 불렀다.'
　차 한 잔 마실 여유 좀 갖자고 하고 싶었지만 그럴 수가 없었다.
　"왜 같이 안 돌아왔지요?"
　거두절미하고 자신의 유일 관심사를 따지듯 묻는 전호연이다.
　종리사유가 어색한 미소를 지으며 말했다.
　"자네가 물어본 대로 영 아우는 이곳에 없네. 지금쯤이면 아버님과 함께 악가에 머무르고 있을 것이네."
　"악가요? 산동악가를 말씀하시는 건가요?"
　전호연의 표정에 뜬금없다는 기운이 어렸다.
　"아버지와 영 오라버니가 그곳에 왜 간 거죠?"
　종리혜도 같은 표정을 지었고, 다른 형제들도 마찬가지였다.

“어찌 된 일이냐 하면……”

종리사유의 입이 열리고, 전호연의 질문에 대한 대답이 포함된 전후 사정이 보고처럼 이어졌다.

그릉—!

전호연이 갑자기 자리에서 일어났다.

종리사유의 입에서 본인의 아비가 전영을 데리고 악가로 간다는 말을 할 때였다.

전호연이 가볍게 고개를 숙이며 딱 잘라 말했다.

“먼저 일어나겠습니다.”

그리고는 횡하니 몸을 돌려 집무실을 나섰다. 율란도 뭐가 뭔지 모르겠다는 표정으로 황급히 그녀를 뒤따랐다.

“…좀 심하군요.”

종리무종이 느지막이 자리에서 일어나며 중얼거렸다. 전호연의 행동에 본인 딴에는 무시당했다는 기분이 든 것이었다.

“그만큼 오라비를 걱정한다고 봐야겠지.”

종리사유의 두둔에 종리혜의 눈꼬리가 문 쪽을 흘겼다.

“아무리 그렇다 해도 무종 오라버니 말씀대로 좀 심하네요. 이곳에 와서도 한마디 안 하고. 전에도 가끔 느꼈지만 저럴 때 보면……”

무슨 말을 하고 싶었던 걸까?

종리혜는 애써 입 안에서 맴돌던 말을 삼켰다. 본인이 생각해도 말도 안 되는 망상이라고 치부하는 눈치였다.

그녀가 자신을 향한 오라비들의 시선에 화제를 바꿨다.

"이제 악가로 가셨으니 그곳에서 한참은 머무시겠군요."

"그러시겠지. 그 안에 비연대의 연락이 있다면 다시 움직이실 테고."

"쉽게 찾을 수 있겠습니까?"

종리사유가 둘째 동생을 바라보며 어깨를 으쓱했다.

"모르지. 단지 예상할 수 있는 것은 비연대가 사도의 행방을 빠른 시간 안에 찾건 말건 우리에겐 최강의 우군이 생겼다는 것이다."

악가.

그들은 같은 칠대세가도 인정하는 최강이다.

사도는 그런 곳의 삼인자인 일섬사사와 충돌을 일으켰다.

대적(大敵).

사도는 최강의 상대를 적으로 돌려 버렸다.

"그나저나 큰 불상사는 없어야 할 텐데……."

완파(完破).

종리사유의 기억 속 충돌 지역은 서로 아무런 피해 없이 끝나기엔 상당한 무리가 따랐다.

아버님의 예를 들어 사도와 소청악의 충돌은 후자 쪽에서 피해를 보았을 가능성이 컸다.

종리사유는 그 부분이 걱정이었다.

“하지만 형님, 우리 쪽으로 보자면 오히려…….”

“그만.”

종리운보의 말을 자르는 종리사유였고, 셋째 동생이 하려던 말을 모르지 않음이다.

‘소 어르신의 피해가 클수록 악가의 분노도 올라가겠지.’

하나 형제가 주고받을 말도 정파인으로선 바랄 일이 아니었다. 속으론 어찌 생각하든 겉으로는 말이다.

그가 동생들을 한눈에 담으며 단호한 어투로 말했다.

“어차피 사도는 악가를 적으로 돌린 상황이다. 그걸로 충분해. 굳이 말하지 않아도 조만간 우리의, 아버님의 자존심은 회복될 것이다.”

“그럴 것입니다.”

둘째의 호응에 두 동생의 얼굴에도 믿어 의심치 않는다는 동일된 감정이 떠올랐다.

다음날 아침, 전호연의 처소를 들른 율란의 눈동자가 똥그래졌다. 전호연이 짐을 싸고 있었기 때문이다.

묻지 않아도 율란은 알 수 있었다. 어제 대화 중에 튀어나온 악가로 가려는 것이 분명했다.

“기다리면 어련히 올 텐데…….”

그의 중얼거림에선 은근한 질투심이 묻어 나왔다.

말 그대로 지난 이십 년간 지겹도록 봐온 얼굴, 조금만 기다리면 어련히 보게 될 터인데 새삼 뭐가 그토록 그리워서 날 밝자마자 짐을 챙기는가 말이다. 아닌 말로 전쟁의 참화에 생이별한 낭군의 생환 소식을 들은 것도 아니고 말이지.

"들어가도 되나요?"

그때 문밖에서 종리혜의 목소리가 들렸다. 이내 방으로 들어선 그녀의 입에서도 율란과 같은 중얼거림이 흘러나왔다. 아, 한마디가 덧붙여져 있었다.

"없을 수도 있는데……."

"……?"

짐을 챙기던 전호연의 손길이 느슨해졌다.

그녀의 의문 어린 시선에 종리혜는 방 한구석에 놓인 화두와 주전자를 자신 쪽으로 끌고 왔다.

"제가 떠오겠습니다."

율란이 주전자를 들고 방을 나서자 종리혜가 화두의 둥근 면을 손가락으로 만지며 말했다.

"이곳에 와서도 길이 엇갈렸잖아요. 악가로 갔을 때 또 없으면 그때는 이곳처럼 기다리지도 못할 거예요."

그러니 움직이지 말고 가만히 기다리는 게 상책이라는 말이었다.

"……."

짐을 싸는 전호연의 손길이 더욱 늦춰졌다. 생각해 보니 종리혜의 말이 틀리지 않았다.

"얼마나 있어야 하지?"

전호연의 입에서 자연스럽게 반말이 흘러나왔다.

"어림잡아 이십 일이면 충분하지 않을까요?"

종리혜의 목소리에는 어차피 언니 동생 하기로 관계 설정이 끝난 마당, 거부감은 없어 보였다.

그녀가 미리 준비해 온 찻잎을 화두 옆에 꺼내놓으며 말을 이었다.

"어제 언니도 들으셨듯이 아버님과 영 오라버니는 지금쯤 악가에 당도하셨을 거예요. 시간상 소청악 어르신도 이미 만나보셨겠지요. 그분에게 특별한 불상사만 없었다면 말이에요. 그 뒤 사도의 처리에 대한 의견 조율이 있을 테고, 그사이 사도의 행방이 발견될 가능성은 희박하니 회의가 오래 걸리진 않겠지요. 결국 각자의 정보력을 가동해서 따로 찾기로 하고 누가 먼저 찾건 서로 간에 사도의 처리 문제를 공유하자는 쪽으로 합의를 보지 않겠어요?"

"그러니 이십 일 후면 다시 이곳으로 돌아올 거다?"

"물론 예상치 못한 변수가 존재하지 않는 한은요."

"희박한 가능성이 들어맞는 경우?"

"예. 그럴 경우 언니가 그곳으로 갔을 때는 기다리지도 더 이상 쫓아가지도 못할 거예요. 악가의 정보력만으로 두 분의 행동 반경이 정해질 테니까요."

옳은 말이다. 희박한 확률이지만 들어맞을 경우, 아무리 전영의 동생이라고 해봤자 악가에선 본인들의 행보를 가르쳐 줄 리 만무했다.

"차라리 이곳에 있는 것만 못할 거예요."

종리혜의 덧붙인 말에 전호연의 손길이 이제는 짐 싸기에서 완전히 손을 뗐다.

'이곳에 머물러 있다면 종리가주님 때문에라도 최소한의 정보는 얻을 수 있다?'

제대로 된 해석이다. 그렇다고 악가로 가겠다는 마음을 완전히 접은 것은 아니었다.

'너무 희박해.'

자신이 악가로 가는 동안 사도의 행방이 발견될까? 상당히 희박한 확률이다.

그러나 이곳에 와서 전영을 만나지 못하리란 확률도 아주 희박했었다. 솔직히 못 만난다는 것은 생각도 못했다. 그렇듯 당연하다고 생각한 확신 뒤에 변수가 도사리고 있었고 희박한 확률을 섣불리 배제할 수 없는 이유였다.

전호연의 눈가에 고민의 그늘이 드리워지자 대뜸 종리혜가 물었다.

"어떤 사람이에요?"

"……?"

"영 오라버니요. 어떻게 그 나이에 그런 경지를 이룰 수 있는 거지요?"

개인적인 관심사이자 세가의 모든 이들이 갖는 의구심이
다. 물론 전호연의 입에서 풀려 나오기엔 난해한 의문이기도
했다.

"……."

침묵이 지나간다.

계속 기다려도 소용없겠지?

"그럼 혹시 사귀는 사람은 있나요?"

그간의 눈치로 보아 사귀는 사람은 없는 듯 보였다. 그래도
전호연의 입에서 확실히 듣고 싶은 종리혜였다.

"……."

그리고 또 침묵이 지나간다.

'그 정도는 말해줘도 되지 않나?'

괜히 기분 나쁘네.

"어떤 여자를 좋아하나요?"

"……."

정말 나빠지려고 한다.

탁 까놓고 말하게 만든다.

이러려고 온 건 아니었는데 말이지.

"솔직히 말씀드릴게요. 이미 아시겠지만 아버님과 오라버
니들 모두 영 오라버니를 '무척' 맘에 들어하세요. 물론 저도
마찬가지고요."

"그래서?"

전호연의 물음에 종리혜는 쓴웃음을 삼켰다.

'영 오라버니와 관계되자마자 입을 여네.'

그랬다. 방금 전에도 그러했고, 그전에도 어제도 그러했다. 이전의 방문 때도 전호연의 입이 열릴 때는 항상 전영과 연관될 때뿐이었다.

이 순간 종리혜의 머릿속에는 어제 오라비들 앞에서 못하고 흐렸던 뒷말이 떠올랐다.

'너무 치우쳐.'

전영과 전호연.

둘을 보자면 가족이 갖는, 남매가 갖는 강한 애착심이 느껴진다. 문제는 한쪽의 애착이 다른 한쪽보다 유독 강하게 느껴진다는 것이었다.

종리혜의 눈에는 집착으로 보일 정도로.

어제오늘 전호연을 보고 있으면 까닭 모를 불안감이 드는 이유도 그래서였다.

일례로 훈련이 끝나자마자 허겁지겁 휴가를 앞당겨 이곳에 온 점이 그러했다. 날이 밝자마자 짐을 싸는 것은 또 어떠한가. 그전에 전영과 관련될 때만 입을 여는 전호연의 행동양식은 두말할 것도 없었다.

물론 이 세상에 '너와 나' 이렇게 둘만 남았으니 그럴 수도 있겠다 싶겠지만.

'아니야.'

전영을 보자면 그렇지가 않으니까.

그 역시 전호연을 아끼는 마음이야 말해 무엇 할까만, 그래 봐야 남매가 가지는 애정(愛情)의 범주 안에 속해 있었다. 적어도 종리혜가 보기엔 그러했다.

"그래서?"

"에? 아……!"

전호연의 거듭된 질문에 종리혜는 서둘러 상념의 바다를 헤쳐 나왔다.

그녀가 어깨를 좁히며 새삼 정좌를 하고는 전호연을 똑바로 바라보며 말했다.

"좋아한다고요."

"그건 이미 말했는데?"

"단순히 좋아하는 게 아니에요."

"무슨 뜻이지?"

"결합. 영 오라버니와 함께하길 원해요."

종리혜는 자기가 말하고도 순간 너무 당찼다고 생각했는지 시선을 바닥으로 내리깔았다.

그러다 고개를 들었을 땐 한가닥 의문에 휩싸였다.

'…왜?

자신을 마주한 전호연의 차가운 눈빛.

그 안에 담겨 있는 감정은 분명 경멸.

그러나 종리혜의 의문은 그 너머에 있었다.

‘순수하지 않아.’

질투.

여자가 여자를 바라본다.

단순한 남매의…….

퉁—

그때 방문이 열렸다.

“물 떠……!”

율란은 들이밀던 얼굴을 즉시 회수했다. 방문도 도로 닫았
다.

“…다시 떠올게요.”

문밖에서 들리는 그의 목소리는 으슬으슬 떨리고 있었다.

너만의 생각

　방금 전 잠영대주를 물려낸 주옥영의 다탁 위에는 비단 천으로 감싸인 두루마리가 놓여 있었다.

　천을 풀자 하얀 담비 털로 장식된 원통 모양의 가죽 집이 드러난다.

　상단 뚜껑 부분의 이음새에는 금박이 얇게 둘러쳐져 있었다.

　그 아래, 이것을 보낸 이의 가문 인장이 찍혀 있었다.

　"산동악가라……."

　강호를 종횡하는 수천, 수만의 검사.

　그들을 만들어낸 수백, 수천의 검가.

그들의 존경과 시기를 동시에 받는 최강의 검가.

이전, 단 한 번도 직접적인 교류가 없던 그곳의 수장이 내담 형식의 기밀을 요하는 은비각을 통해 연락을 취해왔다.

충분이 의아하고 의구심이 들어야 했다.

하지만 주옥영은 가죽 집 안에서 서신을 꺼내지 않고 찻잔에 손을 가져갔다.

"그런 건가."

보지 않아도 내용을 짐작했기 때문이다.

"회복 불능의 피해를 입은 것이 확실합니다."

잠영대주의 보고에 그 해답이 있었고, 주옥영은 만남을 주선한 이가 모르는 부분까지 알고 있었다.

월파쌍성.

그 역시 소청악과 누가 낫다 할 수 없을 정도의 부상을 입었다는 것. 제삼의 인물이 그를 구출해 갔다는 것까지도.

"누굴까?"

잠영대주는 모른다고 했다.

제삼의 인물에 대한 어떠한 기척도 못 느꼈다고 했다. 그런 상황, 현장에 대피하지 않은 사람이 있으리라곤 생각도 못했다고 머리를 조아렸다.

더불어 본인을 포함, 단원들 모두 반경 삼십 장 밖으로 물러나 있었다는, 무력하기 짝이 없는 보고도 이었다.

초인들의 무력 충돌에 거기까지가 최소한의 안전선이었던 것이다.

이어진 그의 보고에 따르면 역시나 평월루를 중심으로 반경 삼십 장 안은 폭격을 맞은 듯 폐허로 변해 있었다.

그래서 잠영대주를 탓하지 않았다. 그 정도 파괴력을 보일 정도의 격전이었다면 그저 싸움의 향방을 주시하는 것만으로도 오금이 저렸을 테니 말이다.

"그건 그렇고… 누굴까?"

이 또한 잠영대주는 고개를 저었다.

사도에 대한 정보 수집에 주옥영의 명령을 받은 적이 없었기 때문이다.

대신 이제부터 확실히 알아볼 예정. 주옥영의 공식적인 명령이 하달되었다.

이십사절에 오른 초절정고수 두 명의 합공에도 압도적인 승리를 챙긴 사도의 정체를 낱낱이 알아오라는.

찌익.

주옥영의 손길에 금박이 찢겨 나간다.

하얀 종이가 다탁 위에 펼쳐지고.

"흐음."

그녀의 예상대로였다.

그런 주옥영도 전혀 예상 못한 것이 한 가지 있어, 전영이 종리장준과 함께 움직이고 있다는 것이었다.

그들이 뒤늦게 평월루 현장에 도착했을 때는, 최소한의 인원만 남기고 잠영대를 철수한 상태였기 때문이다.

당연히 남아 있던 잠영대원들은 전영의 얼굴을 모르기에 종리장준과 같이 있던 그를 종리세가의 가솔 무인 중 한 명으로 치부해 버린 간과의 결과였다.

＊　　　＊　　　＊

소청악의 목숨이 경각에 달해 악가로 실려오고 만 하루도 지나지 않아 악가의 정문은 새벽부터 개방되었다.

말들의 투레질이 하얀 김을 내뿜고, 그 위에 올라탄 악군성이 자신의 아들을 내려다보며 말했다.

"내가 없는 동안 이곳의 주인은 너다."

"소임에 만전을 기하겠습니다."

"또한 전력을 동원하라 일렀다."

"반드시 찾아내겠습니다!"

척! 척!

악대명의 우렁찬 대답에 가뜩이나 어깨에 잔뜩 기합이 들어간 수위무사들의 앞가슴이 터질 듯 부풀어 올랐다.

아직 잠이 덜 깬 듯 눈곱을 떼어내던 전영도 잠이 확 달아난 표정을 지었다.

악군성은 아들의 대답에 만족스런 표정을 지은 뒤, 앞에 서 있는 종리장준을 내려다보며 깊은 눈인사를 전했다.

"일간 직접 찾아뵙고 감사를 전하겠습니다."

"허허, 감사라니요? 저에게도 친우라 했습니다. 주고받을 것은 아무것도 없으니 괘념치 마십시오."

"아닙니다. 그럴 수야 없지요. 때마침 종리가주께서 이곳에 없으셨다면 어디 신의 어른을 찾을 생각이나 했겠습니까?"

그랬다면 의제가 죽어가는 것을 손 놓고 바라보아야만 했을 것이다.

주벽세를 불러와도 의제를 살릴 수 있을지 없을지는 모르겠으나, 희망의 빛을 손에 쥐었다는 것만은 확실했다.

악군성의 눈에 단호함이 스쳐 갔다.

"꼭 감사를 전하겠습니다."

"허허, 괘념치 마시라는 데도……."

종리장준은 무안하다는 표정으로 악군성에게서 시선을 거두었다.

그러나 몸과 머리가 따로 논다고 했던가?

어젯밤만 해도 친우의 생명이 경각지경에 달해 신의에 대한 정보를 알려줌에 추호도 이득을 따지지 않았다.

하지만 채 몇 시진도 지나지 않은 지금, 악군성의 말에 종리장준의 머릿속은 제멋대로 이번 일이 가져다줄 이득을 계

산하고 있었다. 여기에 소청악의 병세가 호전되기까지 한다
면……

"크음."

이번엔 본인 스스로에게 무안했을까? 괜스레 고개를 숙이
고 헛기침을 하는 종리장준이었다.

"그럼 무사히 돌아가십시오. 전 먼저 실례하겠습니다."

악군성의 출발 신호에 종리장준은 낮은 기침을 한 번 더 하
고는 그에게 눈인사를 전했다. 그 눈빛 속에는 지난 밤 대화
내용의 말미에 있었던 다짐을 또다시 확인하는 작업도 포함
되어 있었다.

"저 혼자 이곳에 온 것으로 해주십시오."

"물론입니다. 염려 마십시오."

악군성은 그때까지 있는 듯 없는 듯 한쪽에 서 있던 전영을
일별하고는 자신의 좌, 우측을 번갈아 바라봤다. 같이 동행할
이번 사건의 목격자들이 보인다.

"출발한다."

"예."

"예."

악희명과 남궁휘의 대답에 악군성은 힘껏 고삐를 잡아당
겼다. 그의 출발에 일남일녀도 즉시 뒤를 따랐다.

말발굽에 먼지가 일고, 어느덧 저 멀리 동녘 하늘이 황금 물결로 뒤덮이고 있었다.

전영과 종리장준도 아침을 해결한 뒤 악가에서 마련해 준 마차를 타고 종리세가로의 복귀행에 올라섰다.

＊　　　＊　　　＊

챙강!

차가운 바닥에 두 동강 난 금속음이 울리자 소청악의 신형이 제자리에서 연기처럼 푹 꺼져 버린다.

쑤우우욱!

바로 뒤를 이어 그가 서 있던 허공이 이지러지고 뒤쪽 평월루 외곽의 한쪽 벽이 짓이겨진다.

쿠우우우웅—!

귀청을 찢어발기는 매몰음이 하늘을 뒤덮고 버섯 모양의 회색빛 먼지가 시야를 가렸다.

“헉헉—”

그 텁텁한 안개 속에서 소청악의 거친 숨소리가 천둥소리처럼 흘러나왔다.

그가 큰 숨을 들이쉬며 도저히 믿을 수 없다는 음성을 중얼거렸다.

“이… 이런 개 같은 경우가……!”

단순한 주먹질이었다. 무시하지 않고 검면에 강기막을 둘러 막아갔다. 그런데 흩어졌다. 강기막이 산산이 조각나 버렸다.

"썩을!"

피해야지 별수있나?

결과는 평월루 한쪽 담벼락이 통째로 날아가 버렸다. 덧붙여 지금 욕지거리를 내뱉었다.

황당하니까, 경악스러우니까.

수십 년 강호를 종횡했다.

그중 절반을 안하무인 휘적거렸다.

결단코 없었다. 이번처럼 심장이 벌렁거린 적은 한 번도 없었다.

'누가 있어 강기막이 둘러쳐진 검을 작살……!'

소청악의 황당한 경악은 일단 여기서 멈췄다.

후우우우웅!

오싹한 파공음이 콧날 바로 앞으로 모여들고 있었다. 무작정 고개를 뒤로 젖히는 것이 급선무였다.

쫙!

뭉쳐 든 압력이 눈앞에서 경쾌하게 터져 나간다. 소리만 그랬다. 맞았으면 안면을 이루는 뼈란 뼈가 죄다 짜부라졌을 것이 분명했다. 양 손바닥을 마주치고 있는 사도가 바로 앞에 서 있다. 방금 전만 해도 오 장 거리는 넉넉히 벌려놓고 있었는데 순식간에 거리를 좁힌 것이다.

뭐가 이렇게 빠른 건가.

무엇보다.

"내가 모기새끼인 줄 아느냐!"

그것도 아니면 상대의 면전 앞에서 왜 불공을 드리는가 말이다!

쑤웅!

소청악의 토막난 반검에서 황색 뇌전의 빛살이 뿜어져 나온다.

사도와의 거리는 반 장.

빠르다고 했던가?

그래서 가까워. 너무 가까워. 피할 수 없다.

'그러면 죽어야지!'

쿠직!

제길, 그런데 또 막혔다. 천지간에 자르지 못하는 것이 없다는 절대 기운의 검형이 맨살의 팔에 막혀 버렸다.

그뿐인가.

꺾였다. 엿가락 휘듯 꺾여 버리기까지 했다.

퍼버버버벅!

사도를 중심으로 폭포수 같은 흙비가 뿌려진다. 그 틈을 타 소청악의 신형이 뒤쪽으로 튕겨졌다.

"갈!"

동시에 소청악의 정면에서 백광의 십자 선이 차가운 밤공기를 일시에 증발시켰다. 궤적의 목표는 소청악과 일직선상에 놓인 사도의 등짝!

텅!

역시 맞아줄 리가 없었다. 소리도 다르다. 꺾이지 않고 동서남북으로 흩어진다. 십자의 중심이 주먹에 분쇄된 것이다.

파파파파팍!

전후좌우 파편이 파고든 바닥은 깊은 구덩이가 파이고, 흙비의 폭포수를 뿜어낸다.

월파쌍성의 십자강 역시 검강의 발현이 분명했는데…….

휘리릭.

월파쌍성의 신형이 소청악의 옆으로 내려선다. 표정은 아까의 소청악과 같았다.

"뭐…….”

"이런 개 같은 경우가 있나 싶을 것이오.”

"썩…….”

"욕도 하지 마시오.”

"……?”

"모기 신세 되니까.”

"큭!"

이 상황에 웃음인가?

월파쌍성의 입꼬리가 짧게 올라가자 소청악도 아주 잠깐 소리없는 웃음을 지어 보였다. 힘은 없어 보인다.

그가 자신의 반검을 가슴 앞에 세우며 정면에 서 있는 사도를 응시했다.

"분명 처음보다 커졌소."

"눈에 노망이 들지 않았다면."

월파쌍성도 긍정을 표하자 둘 다 같은 말을 내뱉었다.

"아닐 수도 있겠군."

인간은 그 어떤 경우에도 저렇듯 일각 만에 갑자기 키가 크고 덩치가 늘어날 수 없다.

그것도 위로 옆으로 한 자 정도나.

부정할 수 없게도 인간의 형상이라는 게 답답하다. 사람의 목소리로 말한다는 것이 뭣 같다. 그 어디에도 사람이 아니라고 말할 근거가 없다는 것이 전율스러울 뿐이다.

이럴 때야말로 타협이 필요한 시점. 인간이 아닐 수도 있다는 정도로 협상을 끝내는 두 사람이었다.

"강시인가?"

"간만에 들어보는 단어지만 중얼거린 거라 믿겠소."

월파쌍성의 생각해 볼 가치도 없다는 말에 소청악은 코웃음을 쳤다.

'하기야 저런 움직임, 저런 파괴력, 무엇보다 저 씹어 먹어도 이빨 사이에 낄 것 같은 자연스러움은……'

도저히 강시가 내보이고 발휘할 수 있는 성질의 것이 아니
다.

‘그럼… 넌 대체 뭐냐?’

사도라고 했다. 평생 소청악의 뇌리에서 지워지지 않을 이
름인지 아니면 별호일 것이다.

“오는군.”

월파쌍성의 쌍검이 빛을 발하자 소청악은 급히 상념의 끈
을 자르고 정면을 주시했다.

저벅저벅.

가벼운 걸음.

나들이라도 가는 양 걸어온다. 그 주위로 자신들의 심장을
터질 듯 조여오는 압력이 진한 암흑으로 물들어 있다.

“기회가 된다면……”

월파쌍성의 목소리가 허리에서 끊어진다. 본인 스스로 말
하고도 그 ‘기회’라는 것에 비관적인 표정이다.

인간이든 아니든 상대는 자신들의 합공에도 여유만만. 아
직 전력을 다한 기미조차 보이지 않고 있다.

최강(最强).

이처럼 어울리는 상대도 없었다.

소청악도 공감한다. 그러나 말[言]이라는 것은 끝을 보아야
상대에게 전해진다.

“난 싸구려를 좋아하오.”

"…죽엽청 정도?"

"그만한 술이."

"없지."

생사고락을 함께한다고 했던가. 지금이 그러했다.

"아, 그때는 말을 놓지."

"그러던지."

벌써 말까지 놓았으니 이들은 친구라 할 수 있겠다.

"술값은 자네가 쏘게. 그럼."

월파쌍성의 신형이 정면으로 잔영을 남기며 쏘아졌다.

찰나를 이어 소청악의 어깨 축이 활시위처럼 뒤로 휘어졌다.

"열 번이고 백 번이고… 사줄 수만 있다면 그리하겠네."

퉁―!

소청악의 발치에서 흙바닥이 움푹 패임과 동시에 그의 어깨가 시위를 떠난 화살처럼 전방으로 튕겨졌다.

"이야야야―!"

짓쳐든다.

희뿌연 그림자는 필승의 기세로 백광의 줄기를 뽑아내고 괴물에게 짓쳐들었다.

"거기까지다."

사인광의 기록을 되짚는 목소리가 끝나자 사인회의 심각

했던 표정이 서서히 풀려 나갔다. 그러면서도 한 꺼풀 의구심은 여전히 남아 있다.

"강기의 검형을 권각(拳脚)으로 맞받아쳐 부숴 버리는 외공이라……."

"묻지 마라."

사인광이 고개를 내저으며 말했다.

"그런 신기(神技)에 대해서 물을 요량이면 할애비도 답이 없긴 마찬가지니."

"그럼……."

"대결의 뒷부분에 대해서라면 그 또한 묻지 마라. 굳이 들으려 할 필요도 없으니."

"……?!"

사인회는 왜냐고 물으려다 입을 꽁할 수밖에 없었다. 조부의 눈가에 스치는 한가닥 씁쓸함 때문이었다.

"세월 앞에 장사 없다지만 이리도 쉽게 밀려날 줄은 몰랐구나."

수준의 차이를 떠나 이십사절. 그들은 분명 육천무제와 함께 동시대를 이끌어간 절대자들이다.

그들 중 일부가 너무도 어이없고 처참하게 퇴진의 수순을 밟게 된 것에 사인광은 진한 허무가 밀려들었다.

"허어~"

내쉬는 숨결이 무거운 마음을 대변하는지 하얀 김은 쉬이 바람에 날아가지 않고 그의 눈앞을 두둥실 떠다녔다.

그 너머로 백설의 전경이 들어선다.

이월 중순.

아직 겨울은 진행 중이었다.

"넌 어른 하나와 아이 두 명이 싸우면 어찌 될 거라 생각하느냐?"

뜬금없는 사인광의 물음에 사인회는 주저없이 답했다.

"보통의 경우라면 둘이라 하여도 어른을 당해낼 수야 있겠습니까?"

"그렇지. 보통의 경우에도 힘들지. 그런데… 어른이 무인이기까지 하다면……."

말해 무엇 하리. 둘이 아니라 열, 스물, 그 이상이라도 결과는 불변이다.

"그, 그 정도로 실력 차이가 났습니까?"

사인회의 떨리는 목소리에 사인광의 시선이 세상에서 가장 높은 곳으로 향했다.

"차이라……."

끝없이 펼쳐진 청막은 언제나 광고(廣高)하다.

"내가 본 그들의 수준 차를 과연 '차이'라는 범주로 논할 수 있을까?"

"하오시면……."

"무극(無極)."

끝이 없어 절대 마주할 수 없다.

“그들은 그 시작과 끝에 서 있었다.”

사인광의 목소리엔 미망이 내포되어 있었다. 시간과 노력으론 절대 좁힐 수 없는 부질없음이 담겨 있었다.

“무극… 무극…….”

사인회의 되뇌는 목소리에는 추운 날씨 때문인지 미약한 떨림이 동반되어 있었다.

그래서인지 사인회는 방문을 닫았고, 이내 오늘의 마지막 의구심을 풀어놓았다.

“저자를 왜 이곳으로 데려오셨습니까?”

월파쌍성.

지금 그 월파쌍성이 오늘내일 죽을 날만 기다리며 이곳 사도맹의 한 거처에 누워 있다.

사인회는 그를 보자마자 살아날 가망이 거의 없다는 것을 한눈에 알아볼 수 있었다.

단전의 직접적인 손상은 없었지만 딱 그뿐이었다. 사지 근맥이 모두 잘려져 있었다. 나머지 생명과 연관된 모든 기능들도 멈췄거나 곧 멈출 예정이었다.

한마디로 지금의 월파쌍성은 하등 이용 가치가 없는 폐물이나 마찬가지였다. 고작 그런 이를 인재 모집의 대상자 손에서 구출해 오다니.

사인회는 조부의 심중을 쉬이 짐작할 수가 없었다.

“저…….”

그가 똑같은 질문을 다시 던지려 하자 사인광이 손을 들어 막았다.

“내가 먼저 묻겠다.”

“하문하십시오.”

“주벽세라는 이름을 들어본 적이 있느냐?”

“주벽세요?”

요즘 자주 출몰(?)하는 이름 앞에 사인회 역시 어디서 들어보긴 했다는 표정을 지었다.

“주씨세가의 그 주벽세를 말씀하시는 것입니까?”

“잘 아는구나.”

“자세히는 모릅니다. 그저 정무련의 은월단주, 그녀의 오라비이며 황제의 병을 고쳐 신의로 이름 높다는 정도입니다.”

“충분해.”

“그런데 왜 갑자기 그 사람을……!”

사인회의 눈매가 벌어지자 사인광이 고개를 주억거리며 말했다.

“그라면 고칠 수 있을 것이다.”

신의. 아무에게나 붙이는 수식어가 아니다. 확실히 그라면 월파쌍성에게 생명의 빛을 다시 찾아줄지도 모른다.

“하지만…….”

“어떻게 그를 데려오냐고?”

“그것도 그렇지만… 그는 은월단주의 오라비입니다.”

정무련과 사도맹.

적대 관계는 아니지만 서로 간의 이익을 다투는 관계인 것만은 분명했다. 이런 상황에 주벽세에게 빚을 진다는 것은 은월단주에게 빚을 진다는 것과 다를 바 없었다. 크게는 정무련에게 사도맹이 빚을 지는 것과 같았다.

사인회가 저어하는 부분이 그것이었고, 사인광이라고 모를 리가 없었다. 그럼에도 사인광의 얼굴엔 전혀 걱정의 빛이 엿보이지 않았다.

“빚은 갚으라고 해서 빚이라 했다.”

“……?”

사인회의 어리둥절함에 사인광이 턱 끝을 손가락으로 톡톡 쳤다.

“고지식함의 대명사가 바로 그 사람이었다.”

사인광이 과거를 회상하는 표정으로 말을 이었다.

“감히 황제의 병을 칼로 고쳐 내겠다던 것도 그러거니와, 신료들의 극악한 협박 속에서도 눈 하나 깜박이지 않고 끝내는 고치기까지 했으니 말이다.”

“주벽세를 말씀하시는 것입니까?”

사인광이 고개를 끄덕이며 말했다.

“하나, 고쳤다고 해서 끝이 아니었다. 끝, 세상물정을 몰라도 너무 몰랐어."

"……"

"황제의 병은 고쳤으나 극구 반대를 했던 신료들의 가슴엔 씻을 수 없는 자존심의 상처를 남겼으니 말이다. 거기다 황제의 추상같은 질책마저 들어야 했지. 그러니 어디 그 속 좁은 놈들이 가만히 있었겠느냐? 쯧, 그럴 리가 없지. 그럴 리가 없었다. 결국 그런 놈들이 작당해서 내놓은 결과물이야 뻔할 뻔자 아니겠느냐?"

"살수들을 고용했겠군요."

어렵지 않은 추측이다. 발가락의 때만도 못한 의원 나부랭이 때문에 자존심 상해, 황제에게 질책까지 들어, 이건 나랏밥 많이 처먹는 놈들의 계산으론 무조건 사형이다.

물론 비공식 사형 집행이 행해져야 했고, 그러자면 살수가 제격이다.

'뒤가 구려 밤잠도 설치는 놈들이니 특급살수를 이용했겠지.'

사인회의 예상대로였고, 사인광의 말인즉 우연히 주벽세의 목숨을 구해주었다는 것이었다.

"그때는 그냥 흘려들었지만 이번 일로 기억하게 되었다."

"어떤……?"

"언제고 부르기만 하면 달려오겠다고. 천수를 누리지 못하고 죽을 고비가 닥치면 무조건 한 번은 살려주겠다고 했던 것을 말이다.”

“그가 직접……..”

“……?”

“아, 아닙니다.”

오늘따라 왜 이렇게 말을 흐리게 되는 걸까? 그래도 괜한 허풍 아니냐고 물었다가 된통 한소릴 듣는 것보다는 백배 나은 침묵이었다.

“그럼 지금 당장 주씨세가로 서신을 넣을까요?”

“음. 한시가 급한 사안이니 특급 전서구를 이용하는 것이 좋겠지. 하남 근처에 하오문이 운영하는 곳 중 주씨세가와 가장 가까운 곳으로 말이다.”

“도착 즉시 서신을 받은 문도가 직접 주씨세가를 방문해서 전달하는 형식이 좋겠군요.”

“그사이 월파쌍성을 하남으로 옮겨야겠고.”

오늘내일하는 월파쌍성이다. 언제고 주벽세가 이곳에 도착할 때까지 살아 있으리란 보장이 없다.

더욱이 강호인은 아니더라도 주벽세는 은월단주의 오라비이다. 군이 이곳으로 데려와 자신들의 정체를 그에게 알려줄 필요도 없었다. 겸사겸사 꼭 필요한 조치 중 하나였다.

“그리 준비하겠습니다.”

사인회가 고개를 숙이자 사인광이 뒤늦게 생각난 듯 입을 열었다.

"서신의 내용은 내가 정리해 주마. 아무래도 그때 상황을 상세히 적어야 그쪽에서도 내가 자기를 구해준 사람임을 믿을 수 있을 테니 말이다."

이쯤 되면 허풍의 가능성은 없다고 봐야 했다.

"그럼 여기."

어느새 사인회의 손에는 먹물을 흠뻑 머금은 붓이 들려져 있었다. 확신이 들었으니 촌각이라도 아끼는 것이 마땅함에, 서탁 가장자리에는 한지까지 돌돌 말려 있었다.

"펴드릴까요?"

"…불러만 주면 안 되겠느냐?"

"여기 펴놓았습니다."

"내 말을 듣고는 있는 거냐?"

"다 쓰시면 불러주십시오. 저는 전서구 편과 월파쌍성의 이동에 관한 준비를 알아보도록 하겠습니다."

사인회의 말투에는 자신도 바쁘다는 기색이 역력했고, 실제로도 대필이나 하고 있을 시간이 없었다. 어쩔 수 없이 맹주 자리를 떠난 후 처음으로 붓을 들 수밖에 없었다.

"쩝. 간만이라는 말도 어색하군."

악필도 여전했다.

사인회는 방을 나서는 즉시, 하남 방향으로 교육된 특급 전서구와 월파쌍성의 이동 마차를 수배해 놓고 다시 자신의 거처로 향했다.

그가 거처를 십여 장 앞에다 두고 걸음을 멈췄다.

'굳이 물어볼 필요 없음인가?'

월파쌍성을 데려온 이유.

살려서 써먹겠다는 뜻이겠지.

하지만 왜 하필 초절정고수 두 명의 합공을 무극의 차이로 압도한 사도가 아닌 그를 데려온 것일까?

이 부분에 있어 여전히 납득이 가지 않는다. 그렇다고 물어볼 생각은 없다. 언제나처럼 사회적 위치에 어울리지 않는 가벼운 입이 먼저 열리실 테니까.

"밑에 두었다간 잡아먹히기 딱 좋아. 암, 그러고도 남을 놈, 아니, 괴물이다. 식성이 아주 잔인한 괴물."

채… 일각도 지나지 않아서였다.

『전영』 3권에 계속…

무한 상상 · 공상 세계, 청어람 신무협&판타지

설봉 新무협 판타지 소설!
절대로 놓칠 수 없는 2006년 최고의 걸작!!

마야(魔爺) / 설봉 지음

강렬하다……!
절대적 무협 지존!
『마야』
(魔爺)

소사(小事)로 시작되어 천하대란(天下大亂)으로 이어지는
끝없는 피의 역사…

북검문(北劍門)과 남도문(南刀門)의 탄생이었다.

두 세력은 장강을 경계 삼아 전쟁을 방불케 하는 싸움을 벌이고 있다.
삼십 년…… 삼십 년 동안이나……

그리고 절대 죽을 것 같지 않던 그가 죽었다.

"나를 죽인 건…… 큰 실수야.
나보다 훨씬 무서운… 곧… 곧 너희를……."

무한 상상 · 공상 세계, 청어람 신무협&판타지

『한백무림서』11가지 중 『무당마검』, 『화산질풍검』을
잇는 세 번째 이야기 『천잠비룡포』의 등장!!

천상천하 유아독존!!
새로운 무림 최강 전설의 탄생!!

『천잠비룡포』
(天蠶飛龍袍)

천잠비룡포(天蠶飛龍袍) / 한백림 지음

천잠비룡황, 달리 비룡제라 불리는 남자.

그는 누군가의 명령을 받고 움직이는 남자가 아니다.
그는 자신의 적을 앞에 두고 물러나는 남자가 아니다.
그는 자신의 이름 안에 있는 자들의 원한을 결코 잊는 남자가 아니다.

그 누구보다도 결정적이고 파괴력있는 면모를 지닌 남자.
황(皇)이며, 제(帝). 그것은 아무나 지닐 수 있는 칭호가 아니다.
그는 제천의 이름으로도 제어할 수가 없는 남자였다.

무적의 갑주를 몸에 두르고
가로막은 자에게 광극의 진가를 보여준다.

유행이 아닌 자유추구 -
WWW.chungeoram.com

지금 유전자가 말하는 사랑과 성의 관한 솔직 대담한 진실이 펼쳐집니다!

남편의 후광을 등에 업는 것은 까마귀와 인간뿐…

모두에게 바보 취급받던 독신 암컷이 단번에 인생대역전을 해서
서열 1위인 수컷의 아내 자리를 차지하게 될 수도 있다는 말입니다.
모든 여성이 이상형의 남자와 결혼할 수 있는 것은 아닙니다.
적당한 선에서 타협하여 적당한 사람과 결혼하지요.
하지만 솔직히 말해서 당연히 멋진 남자가 더 좋지 않겠습니까?
따라서 여성은 생각합니다.
'그럼 어떻게 하지? 유전자만이라면 가질 수 있어!'
그리하여 장기계획형이나 단기승부형과 같은 여러 가지 방법의
외도가 생겨나는 것입니다.
물론 모든 여성이 이를 실행에 옮기지는 않습니다.

하지만 기회가 있다면 어떨까요?
다른 조건과 이미 타협을 봤다면?
남편이 사소한 일은 눈치 못 채는 둔한 남자라면?
뭔가 유전자의 음모가 느껴지지 않습니까?

실패를 모르는 남자 선택법!
「내 남자친구는 왼손잡이」 법칙

어째서 여성은 왼손잡이 남성에게 마음이 끌리는 걸까요?

여기서 기억해야 할 것은 몸의 좌우와 뇌의 좌우는 원칙적으로 반대 관계라는 점입니다.
따라서 왼손잡이 남성은 우뇌가 발달했습니다.
발달했다는 사실이 왼손잡이를 통해 반영된 것입니다.

그리고 두 번째로 생각해야 할 것은 우뇌는 남성 호르몬의 일종인 테스토스테론에 의해 발달한다는 점입니다.
요약하자면 왼손잡이 남성은 우뇌가 발달했는데, 그것은 테스토스테론 수치가 높기 때문입니다.
그것은 다름 아닌 생식 능력이 높다는 것을 의미하지요.

「내 남자 친구는 왼손잡이」에 감춰진 의미는… 내 남자 친구는 생식 능력이 높아… 인 것입니다.

초등학생이 반드시 읽어야 할 좋은 책 49권

각 학년별로 초등학생이 반드시 읽어야할 좋은 책을 선정하여 통합논술의 기본이 되는 '올바른 독서법'을 일깨워 줍니다.

교과서와 함께하는
초등학교 통합논술

초등1학년 | 값 12,000원 / 초등2학년 | 값 9,500원 / 초등3학년 | 값 11,000원 / 초등4학년 | 값 9,500원 / 초등5학년 | 값 9,500원 / 초등6학년 | 값 11,000원

♣ 혼자 할 수 있어요.

엄마가 책 읽는 방법을 가르쳐 주어도 좋아요.
독서지도하는 선생님이 가르쳐 주어도 좋답니다.
"초등 교과서와 함께하는 **통합논술 시리즈**"는
아이 스스로 독서할 수 있도록 꾸며진 책이에요.
엄마와 선생님은 요령만 가르쳐 주시면 된답니다.

♣ 교과서의 중요한 내용이 총정리되어 있어요.

각 학년별로 중요한 교과 내용이 함께 수록되어 있어요.
초등학생은 교과서 내용을 충실하게 공부해야 합니다.
아울러 그와 병행한 독서가 대단히 중요하지요.
"초등 교과서와 함께하는 **통합논술 시리즈**"는
두가지 방법 모두 알려준답니다.

♣ 이 책은 훌륭하신 선생님들이 함께 쓰신 책이랍니다.

동화작가 선생님들이 쓰셨어요. 소설가 선생님도 쓰셨답니다.
국어 논술독서지도 선생님들도 함께 쓰셨지요.
"초등 교과서와 함께하는 **통합논술 시리즈**"는
엄마의 마음으로 모든 선생님들이 함께 꾸민 책이랍니다.

입소문을 통해 아는 분은 다 알고 계십니다!
올 한해 공인중개사 최고의 화제작!

1~2권 합본 | 이용훈 지음
3~4권 합본 | 이용훈 지음
5~6권 합본 | 이용훈 지음
용어해설 | 이용훈 지음

수험생 기본 필독서
만화 공인중개사

제목 : 만화공인중개사 쓰신 분에게 감사드립니다.

학원을 두 달 다녔어요. 근데 과연 그 숫자 외우기 그런 게 몇 문제나 나올까 생각을 했어요.
아니라는 생각이 드네요. 학원강의를 뒤로하고 서점을 갔어요. 내 머리에 가장 이해될 수 있는
책이 없나 하구요. 거기서 만화를 발견했어요. 무조건 세 번 봤어요. 3개월 걸렸어요. 문제집을 보라고
했는데 그건 시행을 못했어요. 근데 합격을 했네요.
어떻게 감사의 말을 해야 될지……
도서관에서 만화책 들고 다니니까 사람들이 비웃더라구요. 만화책으로 공인중개사를 공부한다고
미친 사람처럼 보더라구요. 근데 그거 다 감수하고 했던 내가 자랑스럽습니다.
어떻게 감사의 말을 해야 할지… 정말 감사합니다.
부디 행복하세요. 제 나이 41살에 좋은 스승을 만난 것 같습니다.
엎드려 감사드립니다.

─본사 홈페이지에 독자분이 올린 메일 中 에서 발췌─

BOOK Publishing CHUNGEORAM

이명박

기도하는 리더십
이명박의 **삶과 신앙** 이야기

**젊은이들에게 성공 신화의
주역으로 주목받고 있는**

이명박!
과연 그 이유를 어디서 찾을 것인가.
그것은 기도하는 삶이었다!

이명박 기도하는 리더십 | 이채윤 지음 280쪽 | 9,900원

기도하는 삶이
지금의 이명박을 만들었다!

leadership

『이명박 기도하는 리더십』은 이명박의 탄생과 신앙, 그리고 그간의 업적을 한눈에 볼 수 있는 책이다.
한편으로는 신앙 간증서라고 말할 수도 있겠지만, 이명박의 삶은 신앙과 떨어뜨려 놓고는 생각할 수
없는 관계에 있다.
이 책, 『이명박 기도하는 리더십』은 대한민국 성장의 역사, 그 주역이었던 이의 삶을 통하여 이 시대의
젊은이들에게 부족한 정신들을 일깨워 줄 수 있을 것이며, 앞으로 더욱 큰 신화를 만들고 추진해 갈
이명박의 비전을 알고자 하는 이들에게 적합한 서적일 것이다.

BOOK Publishing CHUNGEORAM